「だが、口づけだけなら体に負担をかけることもないだろう」
そう言ったヴィンセントの唇がゆっくりと近づいて来て、
文弥の唇と重なる。触れた唇の感触に、文弥の体が小さく震えた。
ヴィンセントはそっと文弥の腰に手を回して抱き寄せながら、
口づけを深くする。（P70より）

異国に舞う恋蝶

松幸かほ

illustration:
こうじま奈月

prism bunko

CONTENTS

異国に舞う恋蝶

1

ふわり、と白い蝶が飛び立つ。

実際にはそれは蝶ではなく、和紙で蝶を模して作られたものなのだが、扇子で起こされる風に乗り、ふわりふわりふわりと舞う様は、生きているようにしか見えない。

十九世紀末、ロンドン。

ピカデリーサーカスにあるこの小さな劇場で行われているのは、日本から来た旅芸人一座の公演だ。

今は一座のメインの演目である芝居の前座として、手妻《てづま》と呼ばれる奇術が行われていた。

蝶を扇子で自在に操っているのは、一座でも一、二を争う人気の九条《くじょう》文弥《ふみや》だ。演目の美しさと、少女のように可憐で儚げな容姿で、見る者のすべてを幻想の世界へと誘って行く。

蝶は舞台に置かれた花瓶の花に止まったり、蝋燭の炎に近づいて行きそうになったりしながら、途中から出て来るもう一匹とまるでダンスをするように、自然に飛ぶ。

それは、見る者が文弥が操っていることを忘れてしまうほどだ。

演目の終わり方は、いつも違う。二匹が蝋燭に飛び込んでしまったり、ゆっくりと力つきてステージの上に落ちて行ったり。

今夜は文弥の手の上に、二匹が静かに舞い降りて終わりだった。

文弥は二匹を載せた手にもう片方の手を重ねてそっと蝶を隠し、そしてゆっくりと頭を下げる。

そこで観客はようやく現実世界に引き戻され、ため息を漏らしてから盛大な拍手を送ってくれた。

頭を上げた文弥は、客席にいる一人の人物に気が付いた。

――また、来て下さってる……。

文弥の視線の先にいるのは、年の頃は二十代後半から三十代前半くらいの、黒い髪をした立派な身なりの紳士だ。

暗い客席にいる人物の瞳の色まではよく分からないが、恐らく青か緑だ。ただ、飛び抜けて美しい容貌をしていることだけはよく分かる。

だからこそ、彼が再び来てくれたことに気づいたのだ。

文弥はもう一度深々と頭を下げ、舞台を降りた。

「今夜も盛況じゃないか、文弥」

前座を終え袖に戻った文弥に声をかけたのは、この一座『清六座《せいろくざ》』の座長である誠之助《せいのすけ》だ。一座のメインの出し物である芝居の衣装を身につけていた。

「今夜で最後の公演だから、その分お客様も多かったしね」

「今回の洋行も今夜で最後なんだなぁ。来た頃は楽日までが長く思えたが、今となりゃ、あっという間だ。よし、最後だから余計に気合を入れねぇとな。そうそう、荷物、片付け始めておいてくれ。芝居がはねたら、みんな早く宿屋へ帰って休みてぇだろうから」

誠之助の言葉に文弥は頷いて楽屋へと戻った。

前座長の清六から『清六座』を、誠之助が受け継いで三年。

何かと先代の時の方がよかった、と知ったように比べて話す客や同業者に辟易した誠之助が、『洋行帰り』の看板を手に入れて周囲を黙らせる、と言い出したのは一年前のことだった。

『洋行帰り』ということはつまり、アメリカか欧州へ行って公演を行うのだが、当時座員の中で英語を話せる者など一人もおらず、全員が猛反対だった。

しかし、誠之助の熱い気持ちに感化され、結局半年後には出発していた。

大きな船に乗ること自体、座員全員が初めてなのに、そんな状況で欧州へ行こうというのだからかなり勇気があった。いや、勇気があったというよりも無鉄砲だったのだろう。その中、文弥だけはどうしても不安に駆られて、同じ船に乗り合わせた商人から英語を習うことにした。

船旅は三カ月ほどかかったのだ。その間、勉強をすれば少しは役立つようになるだろうと思ってのことだった。

幸い、文弥は一座の中では学のある方だ。それというのも、文弥の父親は学問を修めた人物なのだ。一座の花形役者だった文弥の母と恋に落ち、駆け落ち同然で一座に入った父親から文弥はいろいろなことを学び、漢文も読むことができた。

漢文と英語は言葉の並びがほぼ同じと言っていい。そのため、英単語を覚えれば比較的楽に会話も覚えることができた。船に居合わせた異人にも練習相手になってもらい、下船する頃には日常会話には不自由しないだろうというまでになっていた。

だが、その英会話能力は、最初、ほとんど生かされることはなかった。

なぜなら、最初に誠之助が公演を行うと言って船を下りたのはフランスだったからだ。

無論、フランスでは英語はほとんど通じない。

しかし、それを座員たちはまったく知らなかった。文弥も、だ。

それに海外公演と言っても、なんのツテもなく『むこうへ行けばなんとかなるさ』というだけの気持ちで来ていたため、最初は広場や公園で大道芸として始めた。

それで細々ともらえるおひねりで安い宿を借り、一部屋に何人もギュウギュウ詰めになって寝るというような状態だった。

その状態に変化が起きたのは四日目のことだ。

一座の公演を見ていたイギリス人のジョーンズという男が声をかけてきた。

四十過ぎの紳士といった風貌の彼は、才能のある芸人を売り出す仕事をしているという。

一座の公演は必ず受けるから自分にこっちでの仕事のコーディネートをさせないか、と言って来たのだ。

今の状況に不安を覚えていた誠之助と座員たちが、その申し出を断るはずがなかった。

ジョーンズに公演の手配を頼み、それからは順調だったと言っていい。

数日後には、舞台のある酒場で公演ができるようになり、パリを出る間際には小さかったが劇場にも出演できた。

それらの公演で一番注目を浴びたのは、文弥だった。

芝居の前座で見せる奇術だけでも十分な人気だったが、ある日、舞台に上がる女優が急な熱で倒れてしまい、文弥が代役で出たのだ。

もともと文弥は奇術だけではなく、人が足りなければ舞台にも上がっていた。芝居は男役だけではなく、女形としても何度も経験している。だからいつもの代役として舞台に上がった文弥だったのだが、予想外の事態が起きた。

その時の女形の文弥の姿が観客から絶賛されたのだ。

二日後には女優の熱も下がったため、文弥が芝居に出ることはなくなったが、文弥の女形姿がまた見られるかも、と連日人が押しかける結果となっていた。

それをジョーンスがうまく宣伝に使い、イギリスに入ると初日からすごい人だった。

ジョーンズの勧めで、地方から順々に公演をして回って、最後はロンドン、ということにしたのだが、地方公演での記事が新聞に載ったりしたおかげで、ロンドンでの公演は連日満員で、今日の千秋楽を迎えることができた。

今日が終われば、後は真っすぐ港まで向かい、船で日本へ帰るだけだ。

「文弥、明日の列車の切符はもう買ってあるのかい？」

楽屋に戻って来た文弥に、出番を待っている役者がそう声をかけた。

「座長が、ジョーンズさんに頼んだって言ってたよ」

「そう。ジョーンズさんは本当によくしてくれるねぇ。今まで本当に世話になったわ」

座員の言う通り、ジョーンズは一座の公演がうまくいくように、いろいろと頑張ってくれた。

ジョーンズがいなければ、早々に路頭に迷って、帰国の目処も立たなかっただろう。座員の全員が感謝していることだ。

「ジョーンズさんとは、ここでお別れなんだろ？」

「ええ。港までは僕たちだけです。だから、船の切符も手配しておいて下さるって」

公演のための劇場との交渉から、宿の手配、移動手段の確保など、そういったことはすべてジョーンズが仕切ってくれ、安心して任せていた。

「船に乗ったら、後は日本へ着くのを待つだけ、かぁ」

居合わせた座員は全員、日本へ帰る時を心待ちにしている。

言葉が満足に通じない異国では、やはり窮屈な思いをしなくてはならなかったからだ。それに、座員の中には年老いた両親を置いて来ている者も多く、みな日本にいる家族が心配なのだ。

公演は大成功で幕を下ろした。

劇場の好意で、大きな荷物は明日の出発まで楽屋に置いておけることになったので、座員は身軽な格好でロンドン公演の間中、宿泊している宿へと向かった。

——宿に戻ったら、主人に頼んで何か温かいものを飲ませてもらおう……。

宿屋へと向かいながら、文弥はそう思っていた。風邪を引きかけているのか、昨夜から少し寒気がするのだ。

舞台に立っている時にはあまり気にならなかったが、ほんの少し熱っぽい気もする。

もともと体があまり丈夫ではない文弥が熱っぽくなるのはよくあることで、たいていは温かいものを口にして、ぐっすり眠れば治ってしまう程度のものでもあった。

だが、宿についた途端、全員が信じられない光景を目にして言葉を失うことになった。

宿のロビーには、自分たちの荷物がまとめて置かれていたからだ。

「……なんで俺たちの荷物が部屋から出されてんだ？」

誰もが疑問に思っていた言葉を誠之助が呆然と呟く。

ざわめき始める座員たちに、宿屋の主人が出て来て説明を始めた。

もちろん、その説明を理解できたのは英語が話せる文弥だけだったのだが、この時ほど文弥は英語を学んだのを後悔したことはなかった。

宿屋の主人は、座員たちが全員劇場へ向かった後ジョーンズがやって来て、一座は公演が終わったら駅に近い宿屋に行くから、部屋の荷物をまとめて出しておいてくれと言ったと言うのだ。

そして、今日までの宿代を清算し、自分はこれから切符の手配に行く、と話していたらしい。

「おい、文弥、亭主はなんて？」

いい話ではなかったのは文弥の顔で分かったのだろう。恐る恐る誠之助が聞いた。

「それが……その…」

言いかけて文弥はとっさに聞いた。

「座長！　公演の売り上げは？」

「売り上げって、ジョーンズさんが切符の手配にどれくらいかかるかわかんねぇからって、全部預けて……」

「今夜の分もですか？」

「今夜の分ったって、切符はもう一週間も前に売り切れちまってたから、俺らへの清算は全部済んでたじゃねぇかよ」

誠之助の言葉に、文弥はその場にへたり込んだ。

「文弥！　一体どうしたんだよ？　何があったんだ……っ」

誠之助は慌てて膝をつき説明を求める。文弥は唇を震わせながら宿屋の主人の言葉を伝えた。

座員たちからざわめきが起きる。

「座長…そんな話、ジョーンズさんから聞いていますか?」

「聞いてますかったって、そんな込み入った話、俺ができるはずがねぇだろ。ジョーンズさんがカタコトの日本語で話したのは『オカネタリナイ、切符値段ワカラナイ』だけだったぜ? いくらいるかって聞いたら、とりあえず全部預けてくれみてぇなこと言うから……」

「それで、全部預けたんですね? ……多分、ジョーンズさんはもうここには帰って来ないと思います」

文弥は頭の中に浮かんだその言葉を言うかどうか一瞬ためらったが、黙っていたところですぐにみんなも気づくことだと、思い切って口にした。

「彼は切符を買いに行くって言って、そのまま売上金を持って逃げたんだと……」

「な……なんだって?!」

文弥の言葉に騒然となった。

「ここの代金を清算したのは、ご主人がおかしく思って劇場まで問い合わせに来るのを防ぐためだと思うんです」

代金を支払い、荷物をまとめて入り口近くに出しておくための手間賃をいくらか握らせたのだろう。

いつもなら誠之助と話す時は文弥の通訳を介すのに、それをせず、一座に同行する間に覚えた――それも計画のうちだったのだろうが――カタコトの日本語で直接誠之助に金を全額預けてほしいと言ったのも、騙すのは二人よりも一人の方が楽だからだ。

そして、簡単にジョーンズの言葉を信じてしまうほど、座員たちはみんな、彼を心から信頼していた。

「文弥、おまえジョーンズさんがそんなことをする人だと思ってんのか！」

誠之助が声を荒げる。それに文弥は眉をきつく寄せ、言い返した。

「思っていませんでしたよ！　僕が一番、彼と親しく話していたんですから！　でも、この状況はそう考えるしかないじゃないですか。駅近くの宿屋に泊まるなんて話も聞いていないし、汽車と船の切符の値段だって彼が知らないはずがない。第一……彼は今夜、姿を見せていないじゃないですか。いつもなら、舞台が終わる頃には劇場に来ているか、宿屋で待っててくれているかしていたのに……」

その言葉に、誠之助は何も言えなかった。

一座の様子に何か重大なことが起きたのは理解できたらしい宿屋の主人は、何事かと文弥に問いかける。

それに対し、恐らくお金を持ち逃げされたと言うと、彼は随分驚いた顔をした後、すまなさそうに言った。

『悪いが、あんたたちが出た後、部屋はもう他の客が入ってるんだ。泊めてやるにも場所がない。荷物だけなら置いておいてくれてかまわないが……』

それをそのまま誠之助に伝えたが、誠之助は置いていても邪魔になるだろうし、宿屋の主人には迷惑はかけられないから、と言い、とりあえず荷物を持って宿屋を出た。

だが、異国で一文なしなのだ。出たところで行くあてなどない。

不安になる座員たちに、誠之助が言った。

「とにかく、劇場へ戻ろう。事情を話しゃ、楽屋にでも寝かせてもらえるだろう。後のことは、そこで落ち着いて考えりゃいい」

その言葉に、今夜の寝所だけは確保することができそうだという希望を抱き、座員たちは劇場へと戻った。

だが、劇場までは歩いて二十分ほどかかる。荷物を抱えていてはそれ以上だ。

結局劇場に戻ったのは、舞台がはねて一時間以上が過ぎてからのことで、すでに劇場主は帰ってしまっていた。

いくら呼んでも誰も出て来ることはなく、結局、行くあては完全に失われたのだ。

失意のまま、たどり着いたのは公園だ。その片隅で、とにかく朝を待つことになった。

四月に入ったとはいえ、イギリスは日本よりはるかに北にあるため、その寒さはまだま
だ冬と同じくらいに感じられた。

宿から持って来た荷を開けて着物を出して羽織れるだけ羽織り、みんなで団子状態にな
って身を寄せ合った。

誰もが不安でいっぱいで、一言も口を利かない。

口を開けば悲観的な言葉しか出て来ないと分かっているからだ。一度言葉になって零れ
れば、やり場のない怒りをどうしていいのか分からなくなる。

だからじっと口を閉ざしているのだ。

夜が明けるまでの時間は、恐ろしく長く思えた。

空が明るくなり、街が少しずつ動き始めた時だった。

『君たち、ここで何をしてるのかね?』

その声に、文弥ははっと顔を上げた。ほんの少しうとうとしていたらしい。

そこには警察官が二人、怪訝な顔をして立っていたが、文弥の顔を見て驚いた顔をした。

『確か昨日まで劇場にいた日本の……』

『ええ、そうです』

『ああ、やはり! 公演を一度だけ拝見したんですよ! とても素晴らしい奇術でした。

それにお芝居もとても感動的で……。ところで、どうしてこんなところに?』

首を傾げて問われ、文弥はことのあらましを話し出した。

『実は、公演の売上金を盗まれてしまって……』

そこまで聞くと、警察官たちは慌てた様子で聞き返してきた。

『なんですって? 盗み? それはいつのことですか? ああ、ここでは寒いでしょうから、とりあえず署の方へ』

公演を気に入ってくれたらしく、彼らはかなり好意的だった。

警察なら一晩中開いている。昨夜は動転していて警察に行くことさえ忘れていたが、思い出していれば、寒い公園で夜明かしすることもなかっただろう。

警察署について、座員たちは暖かい室内に一息をつき、文弥と誠之助は別室で詳しい説明をしていた。

『それで、その男の名前は、なんと言いましたかな?』

『ジョーンズです。オーランド・ジョーンズ』

言いながら、その名前も偽物なのかもしれない、と文弥は思った。

『出会ったのはフランス?』

『ええ。芸人を売り出す仕事をしているから、任せろと言われて……実際にとてもよくして下さったので信頼し切っていました』

話しながら、文弥は両手で腕を抱き、こすって体を温める。室内は暖かいはずなのに、さっきから寒くて仕方がないのだ。

『いなくなったのは昨日の午後でいいですか？』

『はい。正確な時間は宿屋の主人の方が……』

ふっと意識が途切れ、文弥はガクン、と肘を机についた。

「文弥！　大丈夫か？」

肩を揺さぶられ、文弥ははっとする。

「あ……ごめんなさい。疲れたのかな、ふらっとして……」

視界が少し揺らいでいたが、軽く頭を振って文弥は言葉を続けた。

『彼と会ったのは宿屋の主人が最後ですから、その時の様子などは主人に聞いて下さい』

それから幾つか質問をされ、とにかくジョーンズを全力で捜しますと言ってもらえ、文弥と誠之助はお願いしますと頭を下げて、椅子から立ち上がった。

だが、立ち上がって歩き出そうとした瞬間、文弥はその場に倒れ込み、そのまま意識を失った。

◇◆◇

どこかで自分の名前を誰かが呼んでいた。

その声はとても心配そうで、文弥はふっと目を開けた。

「文弥！　よかった、目を開けた！　大丈夫か？　文弥！」

目に映ったのは、泣き出しそうな顔の誠之助だった。

どうしたんですか、と聞こうとしたが、声がまったく出なかった。

体の節々が痛くてたまらない。

それに、息が苦しくて仕方がなかった。

自分がどうなったのか分からず、ここがどこなのかも分からないでいると、髪を後ろで一つにまとめた女性がそっと文弥の額に乗せてあった濡れたタオルを取り除き、手を押し当てた。

ひんやりとしたその手が、ひどく心地よく感じられる。

『熱がまだまだ高いわ。ゆっくり休んでいて』

そう言うと、タオルを交換して去って行く。

誠之助が何かしきりに話していた気もしたが、すぐにまた意識は途切れた。

その後も、何度もふっと目が覚めては眠り、また目が覚めて……を繰り返し、少し熱が下がって意識を長く保っていられるというレベルで目覚めたのは、警察に駆け込んで三日が過ぎてからのことだった。

風邪を引きかけていたところに、寒い戸外での夜明かしと心労とが重なったおかげで、高熱を出して倒れたのだ。

しかもあっという間に肺炎にまでなってしまい、この三日間は何度も危ない状態が続いていたらしい。

「とりあえず、熱は下がりかけてるから、もうあんまり心配はねぇだろうってことだ」

「すみません、座長……こんな時に、病気になんか……」

紡ぐ言葉は掠れ切って、ほとんど声にはなっていなかった。

「気にすんな。何から何まで、英語ができるおまえに世話になりっぱなしだったから、気疲れもしてたんだろう。そうでなきゃ、ここまで悪くならなかったろうしな」

誠之助がそこまで言った時、看護婦が部屋に入って来て、身振り手振りで面会時間の終わりを誠之助に告げる。

「じゃあ、また明日来っからよ。余計なこと考えねぇで、ゆっくり寝てろ」

そう言うと、誠之助はあっさり部屋を出て行った。

聞きたいことは山ほどあって、気になることだらけなのに、何も質問できないうちに文弥はまた一人になってしまった。

――みんな、どうしてるんだろ……。

もしかしたら警察で保護されているのかもしれない。事情を聴いてくれた警官は随分と同情的で、その可能性は十分あった。

それから、ジョーンズはどうなったのだろう。

どこに逃げたのか捜索してくれるとは言っていたが、捕まってはいないのだろう。捕まっていれば誠之助が開口一番で伝えている。

警察に駆け込むまでに時間がかかったことを思えば、今頃は随分と遠いところに逃げているはずだ。

そんなことをつらつら考えているうちに再び文弥は眠りに落ち、目が覚めたのは翌日の朝のことだった。

熱は下がり切ったわけではないが、それでも昨日よりはましで、体を起こしていられるまでに回復していた。

午後になり、誠之助が面会に訪れた。

だが、今日は一人ではなく客を伴っていた。

その客の姿を見た文弥は、小さく声を上げた。

誠之助と一緒に現れたのは、公演を見に来てくれていたあの紳士だったからだ。

背丈が五尺七寸ある誠之助よりまだ背が高く、優に六尺はあるだろう。明るい場所で見ると、瞳が空よりも青い色をしているのが分かった。そして、その貌立ちも舞台から見ていたより美しく整い、まるで芸術品のようにさえ思えた。

「座長……こちらの方は…」

ところどころ掠れ、まったく元の自分の声ではないが、それでも昨日よりははっきりとした声で文弥は聞いた。

「ああ、こっちのお方は、エヴァット伯爵だ。一座が金を持ち逃げされておまえが倒れたって話は、次の日には新聞に載ってな」

公演が盛況だったこともあり、一座が見舞われた不幸はあっという間に世間の同情を買ったらしい。その中、すぐに彼が使いを寄越してくれ——とはいえ、誰も英語ができないため、通訳ができる人間を呼んだりといろいろあったようなのだが、今、座員たちは彼の援助を受けて、ちゃんとした宿屋に宿泊できているらしい。

「それで、俺らが日本へ帰る船賃も出してくれるっていうんだよ」

「え……？」

それには驚いて文弥は伯爵を見た。

伯爵は無表情なまなざしで文弥をじっと見ていた。その青い瞳はじっと見ていると吸い込まれてしまいそうで、文弥は視線を逸らし、再び誠之助を見た。

「簡単に言うけど、そんな大金を……」

「俺もそう言ったんだが、この国の人間が嫌な思いをさせたことの詫びだっつって……」

「詫びだなんて……この方のせいじゃないのに」

一座全員の渡航費用は決して安いものではない。来る時だって借金をして来たのだ。公演で稼いだお金も帰り賃でほとんどが飛ぶ計算になっていた。

「俺もそう言ったんだけどよ……」

文弥は申し訳ない気持ちでいっぱいになりながら、再び伯爵を見る。

『伯爵、ご挨拶をさせていただくのは初めてかと思います。清六座の九条文弥と申します。この度は一座のためにお力を貸していただきありがとうございました』

文弥がこの旅の間に随分と流暢になった英語でそう挨拶をすると、伯爵は少し驚いた顔をしたように見えたが、それはほんの僅かの間のことで、すぐ元の無表情に戻る。

『礼には及ばん。この国の人間として、客人に当然のことをしたまでだ』

『座長から、僕たちが日本へ戻るための資金も援助して下さると伺いましたが、今回のことは決して伯爵のせいではございません。そこまでしていただくわけには……』

『だが、このまま一座の全員がここにいても仕方がないだろう。国に待つ者もいると聞いた。一刻も早く帰りたがっている者もいるはずだ』

確かにそのとおりだ。

誠之助はいくら困っていても、簡単に金銭援助を受け入れる人間ではない。それも一座全員の渡航費用などという莫大な金額となれば、絶対にだ。

だが、誠之助のこれまでの口ぶりからすると、援助を受け入れることは決定なのだろう。それは恐らく、一座の全員が少しでも早く帰国したいと願っているからだ。

『御厚情、感謝致します。老いた両親を残して来ている座員も多く、彼らにとっても僕にとっても、日本に戻るというのは何よりの願いでした。それも叶わないかと思っていましたが、伯爵のおかげで……』

『残念ながら、君は一座のみんなと一緒には戻れないがね』

『え？』

思ってもいなかった言葉に文弥は眉を寄せ、誠之助を見た。

「座長……僕は日本へ戻れないんですか？」

一体どういう約束になっているんだろう、と疑問に思わずにいられなかった。

不安げな文弥の様子に、誠之助は落ち着いた声で言った。

「おまえの今の状態で、長い船旅は無理だ。おまえが回復するまで待つことも考えたが滞在費もかかるし、政五郎や勇は親のことがあるから一刻も早く帰りてぇだろうしな。いろいろ考えて、伯爵とも相談した結果、俺たちは先に帰るのが一番いいってことになった。もちろん不安はあるだろうがおまえなら英語も話せるし、体が船旅できるくらいに回復するまでは、伯爵がおまえの面倒を見て下さるそうだ」

「伯爵が？」

「実のところ、おまえの治療費も出して下さってる」

誠之助の言葉は、何から何まで文弥を驚かせることばかりだった。

『伯爵、いろいろと本当になんてお礼を申し上げていいか……。この御恩は必ずお返し致します』

『体を治すのが、先決だろうな。君の仲間のことは心配せず、治療に専念するといい』

表情を少しも崩すことのない伯爵の様子が文弥は気になった。

顔が整いすぎているからか、無表情だと冷たく見えさえして、不機嫌なのかと思うくらいだ。

もっとも、援助をすると誠之助に言ったものの、その額が予想以上で、伯爵という身分上、言葉を翻すこともできなくて、それで本当に不機嫌なのだとしても不思議はない。

伯爵と誠之助は、その後すぐに帰って行った。

多少、熱が下がったとはいえ、文弥の体調では長く体を起こしているだけでもかなりの大仕事だからだ。

——本当に、こんなんじゃ、船旅なんて無理だな……。

夜になって、また少し熱がぶり返した文弥は、ベッドの中でぼんやりとそんなことを考えていた。

◇◆◇

座員たちが船に乗るためにロンドンを離れたのは、それから二日後のことだ。

日本で待ってるから、という彼らと涙ながらに別れをし、見送った。

その翌日、微熱程度にまで下がった文弥は、安静にしているならという条件付きで、退院の許可が下りた。

「エヴァット伯爵家の方で君の身柄を預かる、という話だから、そちらで療養したまえ。その方が君にもいいだろう」

伯爵家に世話をかける心苦しさはあるのだが、病院にも実は迷惑をかけていた。

一座の花形スターだった文弥が入院しているという話はかなり有名で、ここ数日見舞い客が押し寄せていたのだ。

心配半分、物珍しさ半分といったところなのだろう。

これ以上ここにいては、他の入院患者に迷惑がかかる。重い病気の患者も当然たくさんいるのだ。

退院させる旨の知らせはすぐに伯爵家に伝えられたらしく、一時間足らずで迎えが来た。

テールコートに身を包んだ彼は、伯爵より少し若いくらいだろうか。フットマンだと言った。

フットマンがどういうものかは分からなかったが、彼の身なりはとても立派で、使用人にはとても思えなかった。

二頭立ての馬車に乗り向かった伯爵家は、ロンドンの西側にある邸宅だった。

あまりの大きさと壮麗さに気後れする中、馬車を降りる。文弥を迎えるために開け放たれたそこは、夢のような世界だった。

広い玄関ホールには大階段があり、上からはきらきらとしたシャンデリアが下がっている。いくつもの肖像画や置物が飾られ、文弥は呆然とした。

「ようこそ、おいで下さいました、九条様。私、当家の執事をしておりますマーロウと申します」

「あ……お世話になります、九条文弥です。この度はお世話になります」

文弥が深々と頭を下げると、マーロウは戸惑ったような表情を一瞬見せたが、すぐに気を取り直した様子で言った。

「お部屋にご案内致します。一座の方からお預かりした九条様のお荷物も、そちらに運ばせていただいております」

マーロウが歩き出し、それに文弥もついて行く。向かったのは大階段を上った二階にある豪奢で大きな一室だった。

「こちらです」

案内された部屋を見渡し、文弥は完全に自分が場違いなところに来たのだと痛感した。

「こんなお部屋……」

「お気に召しませんでしたか？」

マーロウに言われ、文弥は慌てて頭を横に振った。

「いえ、とても立派すぎるので、僕にはもったいなくて。もっと小さな部屋でいいんです。その、眠る場所さえあれば、それで……」

「お客様としておいでいただいてますから、特にご満足いただけないということがなければ、こちらのお部屋にご滞在を。そのように申し付けられておりますから」

そう言われては、不満ではない文弥は頷かないわけにはいかなかった。

「ご友人の方からお預かりした九条様のお荷物は、あちらの椅子の上に置いてございます。勝手に荷解きをしては失礼かと思いましたので、お預かりしたままにしております」

言われて長椅子の方へ視線をやると、そこには見慣れた自分の荷物が置いてあった。柳行李が一つと風呂敷包みが二つ。それらが文弥が日本から持って来たすべてだ。

「仕分けに人の手が必要でしたら、いつでもお申し付け下さいませ」

「お気遣い、ありがとうございます」

文弥はそこまで言ってから、大切なことを思い出した。

「あの、伯爵にご挨拶をと思うのですが」

「伯爵？　ああ、ヴィンセント様のことですね。申し訳ございませんが、ヴィンセント様は本日お出掛けでいらっしゃいます。お戻りは遅くなられるかと思いますので、後日改めて。九条様がご挨拶をとおっしゃっていたことは、お伝えしておきます」

マーロウはそう言うと、

「お医者様から、まだ安静が必要なお体と伺っておりますので、本日はゆっくりとお休みを。夕食のお時間になりましたら、お伺いします」

そう続け、そつのない動きでゆっくりと頭を下げ、客間を出て行った。

一人になった文弥は改めて客間を眺め、その豪華さに圧倒されてしまい、そのせいかまた熱が上がったような気がした。

「……とりあえず、少し休もう」

文弥は届いていた行李を開けて寝間着を取り出すとそれに着替え、天蓋のついたベッドへと近づいた。

当然なのかもしれないが、その豪華さはベッドと寝具にまで及んでいた。

「失礼します……」

誰もいないのに　断りをいれてしまう。

身を横たえると、比べることが間違っているのだろうが、これまでの宿屋や病室のベッドなどとはまったく寝心地が違った。

ふわふわで、布団からはいい香りがして、心地よすぎる。

これまでとはあまりに違いすぎることが、却って文弥を冷静にさせた。

——頼るところがないからって、甘えるままに来ちゃったけど……本当によかったのかな。

自分の立場を考えれば、迎えに来てくれた人物よりもはるかに身分は下なのだ。それなのに、さらに上の立場らしいマーロウまで文弥を『客人』として扱ってくれている。

——体の調子が戻ったら、自分にできることで何か御恩返しをしなきゃ……。

そんなことをつらつらと考えているうちに、文弥はいつの間にか眠りに落ちていた。

2

「九条様、お加減はいかかですか？」

柔らかな明るい女性の声が聞こえ、文弥は目を覚ました。

「おはようございます、九条様」

「ぁ……おはよう、ございます」

看護師ではない服を纏った彼女に、文弥は自分の居場所が一瞬どこなのか分からなくなったが、すぐに伯爵家に来たのだということを思い出した。

「昨日、夕食の際に伺いましたがよくお眠りでしたので、起こさずにおきました。ですからおなかがすいていらっしゃるかと。準備を整えてございますので、お支度をなさっていらしていただけますか？」

メイドの言葉に文弥は慌てて時計を見る。暖炉の上に置かれた時計の針は、九時過ぎを示していて、文弥は慌てた。

「は、はい、分かりました。すぐに着替えます……っ」

文弥は急いでベッドから出る。だが、その途端、ふらついてその場に座り込んでしまった。

「九条様っ」

慌ててメイドが駆け寄り、文弥の様子をうかがう。赤い顔をしているのに気づいた彼女は、失礼、と断ってから文弥の額に触れた。

「少し熱が……。九条様、ベッドにお戻りになって下さいませ。そうだわ、マーロウさんに伝えて……ああ、とにかく九条様はベッドへ」

彼女はすっかり動転した様子で部屋を出て行った。

連絡を受けたマーロウが部屋に顔を見せたのは、文弥がベッドに戻って少ししてからのことだった。

体温は微熱より少し高い感じがするだけで、心配なほど上がっているわけではなかった。昨日の移動と環境が変わったことで疲れが出たのだろうと、マーロウは判断し、一旦状態を見て悪くなるようなら医師を呼びましょう、と文弥に伝えた。

「とりあえず、朝食を運ばせますのでお召し上がりを」

その言葉どおり、しばらくして文弥の部屋に食事が運ばれて来た。本調子ではない文弥の体を気遣ってくれたらしく、ライスプディングとスープ、付け合わせの卵料理があったが、文弥は病院でも出ていたライスプディングだけを食べた。

昨夜、食べていないからもっと食べられるかと思ったが、熱のせいでそれだけでやっとだった。

「もうお召し上がりにならないのですか？」

控えていたメイドが、すっかり手の止まってしまった文弥に不安そうな顔で問う。

「まだ、あまり食欲がなくて……すみません。それから、残してしまってすみません。作って下さった方に、とてもおいしかったとお伝え願えますか。それから、残してしまってすみません、と」

その言葉にメイドは笑顔で頷き、食事を下げていった。

それからややして、部屋のドアが叩かれた。先程のメイドが戻って来たのかと思い、どうぞと返事をすると、入って来たのはヴィンセントだった。

「……伯爵…っ」

挨拶に自分から出向かねばならない相手なのに、部屋に来させたあげく、自分は寝間着なのだ。

もちろん、体調が悪いのだから寝間着でも仕方はないのだが、とにかく文弥は慌てた。

「えっと、その、あの……っ」

「ああ、そのままで。朝、倒れたと聞いたが、まだ体調が優れないのか？」

ヴィンセントはゆっくりと歩み寄りながら聞いて来た。

「いえ、少し熱が出ただけです……まだ、本調子ではないので」

「そうか」

ヴィンセントは短く言った。文弥は落ち着くように自分に言い聞かせて口を開いた。

「あの、今回は伯爵に本当にお世話になって、どうお礼を申し上げればいいのか……」

言いながら、ヴィンセントの容貌を見つめ、改めてなんて格好いいんだろうとドキドキした。

――こんな綺麗な人、初めて見たなぁ……。

公演をして回る生活は、人との出会いが多い。だが、ヴィンセントほどの人物とは会ったことがなかった。

ヴィンセントはやや間を置いてから、指を一本立てた。

「一つ、君に言っておくことがある。私は『伯爵』ではない」

「え……?」

「詳しいことは後程話すが、伯爵は私の弟のマクシミリアンが継いでいるからな」

――そういえば、マーロウさんも昨日、僕が伯爵って言った時、ちょっと妙な顔してたな……。

複雑な事情があることは分かったが、後で話すと言われたので問うことはしなかった。

「あの、では、なんとお呼びすれば……?」

それだけは聞いておかなくては、後で困る。

「ヴィンセントで結構。家の者はみな、そう呼んでいる」

「ヴィンセント様、改めて本当にありがとうございます。今回の御厚情には、微力ですが何か御恩返しさせていただければと思っておりますので、なんでもお申し付け下さい」

文弥はそう言って深々と頭を下げた。

「まずは、君の体調が戻ってからの話だろうな。もう少し眠るといい。午後になって気分がよければ、マクシミリアンを紹介する」

そう言い残し、ヴィンセントは部屋を後にした。

一人になった部屋で、文弥は一つ大きな息をする。

ここに来ればいいと呼んでくれたのはヴィンセントだった。

だが、ヴィンセントは文弥が来たことを歓迎していないように見える。

——同情して呼んでくれたんだろうし、厄介者だと思われてるんだろうな……。

病院の治療費も、きっとかなりかかったはずだ。

他に頼るところがないから、あの言葉に縋って来てしまったのだが、それは間違いだったのかもしれない。

——早く元気になろう。元気になって、下働きのお仕事でもさせてもらって、少しでもお役に立たせてもらおう……。

そう思ったが、胸が痛む。

あの素敵なヴィンセントによく思われていないのだと思うと、とてもつらかった。

「……横になろ…」

連日の熱で体力を奪われた体では、長く体を起こしているのもつらい。文弥はベッドに横たわり目を閉じた。

リネンから漂ってくる香りは、文弥の気持ちを宥め、やがて眠りへと誘って行った。

どれくらい眠っていたのだろうか。

文弥は室内で何かが動く気配に、深く沈んでいた意識をゆっくりと浮上させた。

目を開けると、そこには目映い金色の髪に明るい青色の瞳をした、まるで天使のような少年がじっと文弥を見ていた。

——誰？

文弥が何度か瞬きを繰り返して少年を見ていると、少年はにこっと笑顔を浮かべた。

「起きた……？」

「ええ」

答えながら少年を見る。どうやら少年はベッドの近くに椅子を持って来て、そこに座っているらしいのが分かった。

「昨日、いらした外国のお客様でしょう？　僕はマックス。お客様の名前は？」

「文弥です。九条文弥」

答えながら、この子は誰なんだろうと思ったが、それを問うより先に少年が聞いた。

「文弥は、何歳なの？」

「二十四歳です」

その返事に、少年はことさら驚いた顔をして目を見開く。

「二十四歳？　本当に？」

「本当ですよ」

「もっと若い人だと思ってた。十六歳とか、それくらいかなって」

欧州に来てから、よく言われたことだった。

どうやら、日本人というのは、実年齢よりも随分と若く見えるものらしい。特に体も小さな文弥は、なおさら若く見られていた。

「十六歳だったのは、もう随分と昔のことですね。君は、いくつ？」

「十歳」

少年がそう答えた時、ドアが叩かれた。

「どうぞ」

そう答え、ドアが開いた途端、

「マックス！」

その声と共に部屋に入って来たのはヴィンセントだった。ヴィンセントの声にマックスは慌てて椅子から下りて隠れようとしたのだが、すぐヴィンセントに捕まった。

「午後の勉強をさぼって、どこへ隠れたのかと思ったら……」

「だって、お客様に早くお会いしたかったんだもん！　マーロウも兄様もお会いしてるのに、僕だけダメなんて！」

唇を尖らせて抗議するマックスに、ヴィンセントは小さく息を吐くと、荒げるわけではないが、威厳のある声で注意を与える。

「お客様はご病気で寝ていらっしゃると、マーロウから聞いたんだろう？　そのお客様のところに忍び込むなど、紳士のすることではない」

マックスは唇を尖らせたままだったが、小さく、ごめんなさい、と謝った。

それを聞くと、ヴィンセントはマックスを文弥へと向き直らせる。

「自己紹介は済んでいるのかもしれないが、私の弟のマクシミリアン。このエヴァット伯爵家の当主で、エヴァット伯爵だ」

その紹介に、文弥は驚いて何度も瞬きを繰り返す。

「……伯爵……」

「まだ幼いゆえ、私が代理に立つことも多いが」

立派な大人のヴィンセントがいるのに、弟のマックスが伯爵だということには疑問を感じるしかないのだが、この場でそれを聞いてはいけないのだろう。

「朝より少し顔色がいいようだが、気分は？」

「おかげさまで、いくぶんか楽になりました」

食事をして、しばらく横になっていたのがよかったのかもしれない。朝、起きてすぐよりも気分はよかった。

「もし、起きてくることができそうならば、お茶を一緒にどうかと思うんだが」

「ありがとうございます。ご一緒させていただきます」

食欲があるとは言い難かったが、ずっと部屋にこもっているのもよくないだろう。そう思って返事をする。

「では、三十分後に。行くぞ、マックス」

ヴィンセントはそう言い、マックスに部屋を出るよう促す。

「文弥、また後でね」

マックスは小さく手を振ってヴィンセントと共に出て行った。

文弥はゆっくりとベッドから抜け出し、小さく伸びをする。

朝、メイドが洗面用に持って来てくれていた水がそのまま置いてあったので、それで顔を洗い、荷物から櫛を取り出し、髪を整える。

癖のない髪は櫛を通すだけで整った。後は着替えるだけだが、文弥は行李から出した着物を並べて悩んだ。

あまりに普段着すぎるものは失礼だし、とはいえ、失礼ではない着物となるとほとんどないのだ。

「紬……のこれと、羽織りでいいかな」

持っている中でも比較的新しい着物に着替えて部屋の外に出ると、そこにはメイドが立っていた。

「九条様、お部屋にご案内致します。ご準備はよろしいですか？」

「あ、はい。お願いします」

言われてから、文弥はどの部屋に向かえばいいのか分からないことに気づいた。

――こういうことに、先に気を回してくれてるんだ。凄いな……。

感心しながらメイドについて行ったのだが、その途中で文弥は何度も足を止めたくなった。

なぜなら、素晴らしい芸術品が、廊下の壁や置かれた台座に飾られているからだ。

それらに目を奪われながらたどり着いたのは、陽の光が降り注ぐ大きな窓のある美しい部屋だった。

ヴィンセントとマックスはすでに部屋に来ており、優美な猫足の長椅子に腰を下ろしていた。

「お待たせしてすみません」

部屋に控えていたフットマンに席へ案内された文弥は、座す前にぺこりと頭を下げた。

「いや、特に待ってはいない。座りたまえ」

ヴィンセントに言われ、文弥は椅子に腰を下ろす。その席はマックスの正面で、ヴィンセントの斜め前だった。

文弥が座るとすぐにお茶が準備されたが、文弥の思っている『お茶の時間』と、目の前の光景には大きな隔たりがあった。

テーブルの上には何種類もの焼き菓子と、ジャム、それからサンドイッチ。

縁側で饅頭をお茶うけに、というもののイギリス版くらいのことを考えていた文弥は、戸惑わずにはいられなかった。

「文弥は、甘いもの好き？」

マックスが問う。

「ええ、好きです」

「じゃあね、このスコーンに、こっちのジャムをいっぱいつけるといいよ。僕はね、プラムのジャムとクロテッドクリームを半分ずつ載せて食べるのが好き」

にこにこと笑顔のマックスの言葉を聞くと、フットマンがすっと近づいて来て、マックスが言ったとおりに準備して渡す。

「九条様はいかがなさいますか？」

フットマンは、次に文弥にそう聞いてきた。

正直に言えば、どれがどういうものなのかも分からないので、マックスと同じものをと頼む。彼はすぐに用意して、文弥に渡してくれた。

「ありがとう、いただきます」

文弥がスコーンを食べるのをマックスは興味津々、という様子で見つめる。そして文弥が食べると、すぐに聞いてきた。

「どう？　おいしいでしょう？」

「ええ、とても」

その言葉にはお世辞などというものは、まったく含まれてはいない。食べたことのないものなので違和感があるかと思ったのだが、素直においしいと思った。

文弥の返事に、マックスはまるで自分が作ったような誇らしげな顔をして、自分のスコーンを食べる。

「九条、『イタダキマス』というのは、どういう意味だ？」

ずっと黙っていたヴィンセントに聞かれ、文弥は、え？　と考えた。

「さっき、言っていただろう？　スコーンを食べる前」

食事の前の習慣になっているから意識はしていなかったが、ヴィンセントが言うのだから、多分、言っていたのだろう。

「日本で、食事の前にする、感謝の祈りの言葉のようなものです」

「日本でも、食べる前にはお祈りするんだ。イギリスでもね、するんだよ。もっと長いんだけど。凄くおなかがすいてる時は、お祈りがすっごく長く思えるの」

マックスはよくしゃべった。

明るくてとてもいい子、というのが文弥の印象だ。

そして、やはり天使のような愛らしい印象は、最初に部屋で見た時とまったく変わらない。

――結構、年齢が離れた兄弟だよね。目の色は同じだけど、髪の色が全然違う……。

マックスの髪は、光を編み上げたようなブロンドだが、ヴィンセントの髪は光の下でも濡れたような艶を放つ漆黒だ。

父親と母親の特徴をそれぞれが受け継いだのだろうが、どちらも美しい人らしいということは、二人を見ていれば分かった。

お茶の時間は、一時間ほどで終わった。

マックスは午後の授業をさぼった罰に、これから勉強をするよう言い付けられ、文弥はヴィンセントに書斎へと呼ばれた。

書斎は大きな本棚と机が印象的な部屋で、先程の部屋のものよりも小ぶりだが長椅子とテーブルのセットがあった。

ヴィンセントは長椅子に腰を下ろし、文弥にも座るよう促す。そして、文弥が腰を下ろすのを待ってから口を開いた。

「九条、君が疑問に思っていることは恐らくいろいろあるだろう。一番大きなものは、年

長の私がいるのに、なぜマックスが爵位を継いでいるのかということだと思うが、違うか？」

文弥はただ頷く。それを見やって、ヴィンセントは説明を始めた。

「私とマックスは、父親が違う。先代のエヴァット伯爵は長く独身を通し、三十半ばになった頃、私の母と結婚をした。母は当時三十歳になったばかりで、私は十二歳だった。母は、以前に一度結婚したが夫とは死別して、その時に生まれていたのが私だ。マックスは私が十九の時に生まれた」

「そうなんですか……」

「だから、私には伯爵家の血は流れていない。伯爵家の正当な血筋はマックスだけだ。あのとおりまだ幼いため、相応の年齢になるまで私が後見役を務めることになっている」

そう説明されて、ヴィンセントではなくマックスが爵位を継いだ理由は分かった。

「ただ、昨年先代が身罷られた後、親戚と少しトラブルがあった。ただでさえ父親を亡くして落ち込んでいるところに醜い騒ぎに巻き込まれて、マックスはすっかり人嫌いになって部屋に引きこもることが多くなった。——もともと、あまり体が丈夫ではないから、空気の綺麗なカントリーハウスに……田舎の領地の屋敷にいる方がいい。しかし、親戚がいつマックスに近づいてあの子を傷つけるか分からないから、こうして私の目の届くロンドンに連れて来ているんだが……」

そこまで言って、ヴィンセントは小さくため息をついた。

あまり詳しくは話さなかったが、親戚とのトラブルというのは恐らく遺産やそういったものに関してのことなのだろう。日本でもよく聞く話だ。それに、後はヴィンセントの立場について、というのもあるのかもしれない。

「あの……お伺いしたいのですが」

「なんだ？」

「ヴィンセント様とマックス様のお母様はどうなさったんですか？」

マックスの父親である先代が亡くなったとしても、その妻であり二人の母である人がいるはずだ。

「母は、マックスを生んですぐ亡くなった。そのせいで、あの子は母親の温もりというものを知らずに育った。だから余計に不憫でならない」

ヴィンセントは眉を顰めた。

「申し訳ありません、おっしゃりにくいことを伺いました……」

謝る文弥に、ヴィンセントは頭を横に振った。

「謝罪には及ばない、事実だからな。それで、頼みがあるんだが」

「なんでしょうか？　僕でお役に立てることでしたら、なんでもおっしゃって下さい」

「君の体調がよくなってからでかまわない。公演でやっていた、蝶々の奇術をマックスに見せてやってほしい。あと、時々でいいので話し相手にでもなってやってもらえれば。引き受けてくれるか？」

それは、自分が受けた恩を考えればあまりにささやかな頼み事だった。

「もちろんです……っ。僕や一座が受けた御恩をお返しするには、あまりにささやかすぎます。一座が日本へ帰るための渡航費用や僕の入院費、それにこうしてお屋敷へ呼び寄せていただいて。僕にできることがあれば、なんでもお申し付けください。下働きのお手伝いでもなんでも致します」

「費用のことが、随分気になっているようだな」

文弥の様子に、ヴィンセントは言った。

「もちろんです。僕が一生かかってもお返しできない額だということくらいしか分かりませんが……」

『だから、なんでも言って下さい』と続けようとした時、書斎の扉が叩かれた。

「誰だ」

ヴィンセントの言葉に、マーロウです、と言う返事が聞こえ、ヴィンセントは入るよう促す。入って来たマーロウが手にしている銀のトレイの上には手紙の束が載せられていた。

「申し訳ございません、九条様とお話し中でしたか」

「いや、かまわない。九条、夜に改めて話をしたい。いいか？」

「はい。では、僕は失礼します」

文弥は立ち上がり、ペコリと頭を下げて書斎を後にした。


客室に戻った文弥は、荷物の整理をし始めた。

お茶をと言われて慌てて準備をしたので、行李から引っ張り出した着物などがそのままだったからだ。

部屋を留守にしている間にベッドはシーツが交換され、使った洗面器や水のポットなどが部屋からなくなっていたので、誰かが掃除をしてくれたのだろうとは思う。

乱雑に出しっ放しの着物を見られたのかと思うと恥ずかしかったが、仕方がない。

——座長に、どれだけ慌てても片付けはちゃんとしろって言われてたのにな……。

反省しながら着物を畳み直し、これから着られそうな着物を選んでいく。

選ぶといってもさほど量があるわけではないから、すぐに終わりそうなものなのだが、量が少ないからこそ悩むのだ。

どの程度のものなら、この屋敷で着ていても許容範囲かを考えて。

渡航するにあたって、贔屓筋が「欧州へ行くのにあまりにみっともない姿ではいけない」と言って仕立ててくれた着物は大丈夫だろう。

だが、これからの滞在がどれほどの期間になるか分からないが、その着物だけでは絶対に足りない。

「これは……大丈夫、かな。帯をしちゃえば継ぎ当て分かんないし……。こっちはちょっとくたびれてるしなぁ……」

うーん、と頭を悩ませていると、扉を叩く音と共に声が聞こえて来た。

「文弥、いる？　入ってもいい？」

可愛らしい声は、間違えようもない。マックスだ。

「どうぞ」

文弥が返事をするとすぐに扉が開かれ、マックスが入って来た。

「どうかなさいましたか？」

「別に、何もないけど、文弥と一緒にいたいと思って」

「お勉強は、もうお済みに？」

「うん、終わったよ。ねぇ、文弥、遊んで」

そうねだられ、文弥は首を傾げる。

ヴィンセントにも相手をしてやってくれと頼まれたばかりなので、相手をすることに異存はないのだが、今の自分では奇術を見せることは体力的に難しい。

「そうですね……」

少し考えてから、文弥はあるものの存在を思い出し、行李を漁った。それは行李の底の方で、小さな風呂敷に包まれていた。

「わぁ、可愛い。これ、何？」

小風呂敷を開いて出て来たのは五つのお手玉だ。

船の中での時間つぶしにでもなるかと思って持って来たものだったが、時間つぶしよりも、路上で公演をした時に一つの芸として随分役立ってくれた。

「お手玉と言って、日本ではこれで遊ぶんですよ。見ていて下さい」

文弥はお手玉を二つ手に取り、交互に投げ上げては受け取ってを繰り返していく。そして、徐々に玉の数を増やした。

「凄い、すごーい……！」

最終的に五つのお手玉が自在に投げ上げられて行く様に、マックスは興奮した様子で手を叩く。

文弥は一度お手玉を止め、マックスを見た。

「やってみますか？」

「うん、教えて！」

「では、一つからやってみましょうね。右手で上に投げて左手で受け取る。それを右手に渡してまた上に投げて左手で取る。それを繰り返して」

お手本を示した後、マックスにお手玉を一つ手渡した。

一つだけならば簡単だ。すぐにできる。

だが、二つに増やした途端、マックスはお手玉を真っすぐ上に投げ上げることができなくなってしまった。

「もう一回お手本見せて」

言われて文弥は二つのお手玉を簡単に操って見せる。それにマックスは首を傾げた。

「僕も同じようにやってるのに……」

「マックス様は落ちて来る玉ばかり見てらっしゃるでしょう？」

「だって、見ないと取り損ねちゃう」

「投げ上げる玉をちゃんと見て投げれば、玉は同じ場所に落ちて来ますよ」

マックスは腑に落ちない、と言うような顔をしたが、文弥に視線で促されて練習を再開する。

最初のうちはどうしても落ちて来る玉を見てしまって失敗していたが、そのうち投げる方を見てできるようになり、ちゃんと二個のお手玉を操れるようになった。

「できた！　今のでいいんでしょ？」

「ええ、そうです。凄いですね、マックス様」

文弥が褒めると、マックスはとても嬉しそうに笑い、手の中のお手玉をじっと見た。

「お手玉って、可愛いね。いろんな布が使ってあって」

「全部、昔、僕が着ていた着物なんですよ」

文弥の言葉にマックスは驚いた顔をする。

「文弥の服だったの？」

「ええ。随分と子供の頃のものもあります。この赤いのは、もともと母親の着物を、子供の頃に僕の大きさに仕立て直して着ていたんです。これを着ていると、よく女の子と間違われました。無理もありませんけれど」

幼い頃からの一座暮らしで、子役として舞台に上がることが多かった文弥は、髪を結えるように伸ばしていた。その上、赤い着物を着ていれば間違われても仕方がない。

苦笑する文弥に、マックスはまじめな顔で頭を横に振った。

「文弥は今も女の人みたいに綺麗だよ。お昼にね、眠ってる文弥を見た時に男の人なのか女の人なのか分かんなかったの。マーロウから男のお客様だって聞いてたのに」

文弥はどう返せばいいのか分からなかった。

ありがとうではないし、だからといって、すみません、も違う気がする。

戸惑ってるうちに、マックスは言った。

「文弥、日本のこと教えて。日本ってどんな国なの？」

「そうですね、イギリスとはいろいろなことが違いますよ。日本で僕が住んでいた場所は、この季節はもっと暖かいんです。桜という木に花が咲いて、とても美しいんですよ」

文弥はマックスに聞かれるまま、季節ごとの行事や美しい風景、そして旅で回った先でのことなどを話す。

マックスは初めて聞く異国の話に目を輝かせて続きをせがみ、結局、夕食の時間までずっと話をしていた。

夕食は、ヴィンセントが社交界の招待で出て行ったため、マックスと二人きりだった。

大きく豪奢な部屋に置かれたテーブルは、部屋の大きさに見合うもので、そのテーブルにマックスと二人だけでちょこんと座って食事をするのは、文弥の感覚では、少し寂しい気がした。

「今日は文弥が一緒で嬉しい。いつもはね、お兄様が出掛けてしまうと一人なの」

二人だけですね、と話しかけた文弥にマックスはそう言って笑った。

もちろん部屋には給仕をしてくれるフットマンが控えているのだが、彼らはあくまでも給仕であって『楽しい食卓』のための演出などはしてくれない。

それでは寂しくはないですか、と聞きかけて、文弥はやめた。

寂しい、と言われたところで、体が治るまでの間だけの滞在者である自分には、根本的な部分を変えることはできないからだ。

「これからしばらくは、二人で食事をすることが多くなりそうですね」

文弥はそう言うに止めた。

部屋でマックスと話している時に様子を見に来たメイドに食事のことを聞かれ、まだあまり食欲はない旨を伝えたので、文弥には病人食とまではいかずとも、食べやすいものばかりが出された。

それでも、お粥に梅干しで十分な文弥にとっては、豪華すぎるほど豪華で、しかも量も結構あったため、申し訳ないと思いながらも残すしかなかった。

食事の後は、子守役をしているメイドが眠るよう促しにくるまで、マックスと一緒にいた。マックスはもう少し遊んでいたいと不満げだったが、文弥の体調はまだ万全ではないのだからと諭され、おとなしく部屋に戻って行った。

一人になった部屋で、文弥は小さく息を吐いた。

欧州へ来て結構たつから、こちらの生活にはそれなりに慣れたつもりだったが、上流階級の生活というのは、これまでに経験して来たこととは随分違っていた。

特に、常に誰かがいていろいろなことを手伝ってくれるという状況は、慣れない。

夕食の時は椅子に座るだけでも、きちんとフットマンが椅子を引いて座らせてくれるし、何か戸惑っていればすぐに彼らが近づいて来てくれる。

非常に丁寧で親切だとは思うのだが、落ち着けないのだ。

もっとも、昨日の今日で馴染むものではないと思うし、自分の元の生活を考えれば、馴染んでしまうのも考えものだ。

「もう少し体がよくなったら、お部屋もここじゃなくて下働きの人たちと同じところにしてもらって、お手伝いさせてもらおう。体を鍛えるのにもいいだろうし」

文弥は呟いて、時計を見た。もうすぐ九時になろうとしている。

昼間、ヴィンセントはまた夜に、と言っていたが、まだ帰っては来ていないようだ。

昼過ぎまで眠っていたから、今は眠たいわけではないし、眠くなるまで待っていればいいだろうと判断した文弥だったのだが、することがないのに待つのは、非常に退屈だった。

部屋には小さいが本棚があって、そこにはいろいろな本が並んでいる。しかし、なんとか英語は話せるが、読み書きについては皆無だ。

「船の中で辞書をあげるって言われた時、もらっておいたらよかったな……」

いまさらになってそう思うが、あの時はとにかく話せればいいと思っていたし、辞書はとても高価で、気軽にもらうわけにはいかなかった。

そうでなくても、無料で英語を教えてもらっていたのだから。

「……みんな、今頃、どこだろ……」

ふと、座員たちのことを考えた。

というか、今まで自分のことで精一杯で、彼らがどうしているか考える余裕がなかったことに気づく。

海の上のどのあたりにいて、どんな話をしているのだろうか?

文弥のことを心配しているだろうか?

それとも、ヴィンセントに預かってもらうことが決まっていたから安心しているだろうか。

そんなことをつらつらと考えていると、部屋の扉が叩かれた。

「はい、どうぞ」

返事をすると、現れたのはマーロウだった。

「夜分、申し訳ありません。ヴィンセント様がお戻りになり、九条様のご都合がよろしければ部屋の方へとおっしゃっておいでですが」

「分かりました」

待っていたというのに、ヴィンセントが戻ったと聞いて心臓が騒ぎ出した。

これから、昼間にはできなかった借金の詳しい話を聞かなくてはならないのだ。

気が重くならないはずがないが、知っておかなくてはならないことだ。

文弥はマーロウに案内されて、ヴィンセントの私室へと向かいながら、話を聞いてもうろたえたりするなと自分に言い聞かせていた。

ヴィンセントの私室は文弥がいる客室と同じ二階にあったが、大階段を挟んで反対側の棟にあった。

「ヴィンセント様、九条様がいらっしゃいました」

マーロウが扉の外で声をかけると、すぐに中から入れ、というヴィンセントの声が聞こえた。

マーロウが扉を開き、先に文弥を通す。

続いてマーロウが入ろうとしたが、「九条と二人で話をしたい」と言ったヴィンセントの言葉に、彼は恭しく頭を下げ部屋を後にした。

扉が閉まると部屋には完全に二人きりで、文弥は緊張した。

ヴィンセントの部屋は、客室よりも大きかった。豪華な調度類が並んだ部屋の奥にもう一つ扉があって、別の部屋があるらしい。

「もう少し、早く戻る予定だったが、待たせたか？」

室内の様子をぼうっと見つめていた文弥は、ヴィンセントのその声で我に返った。

「いえ、お部屋の方でゆっくりさせていただいてましたから」

当たり障りのない返事をする。ヴィンセントは書斎にあったのと同じような机に近づきながら言った。

「マックスは随分と君に懐いたようだな。食事の前も後も、ずっと君と一緒だったと聞いたが」

「はい。日本の話をいろいろとしたり致しました。こちらとは違うことが多いので、興味をお持ちになったようです」

「あれが、こんな短時間で人に心を許すのは珍しい。神経の細いところがあるせいか、人見知りが強く、家庭教師や子守役のメイドも、打ち解けるのに三カ月はかかったんだが」

その言葉に、文弥は驚いた。

マックスはとても人懐っこくて、人見知りをするようには見えなかったからだ。

――そういえばマックス様と一緒にいる時に部屋へ来たメイドさん、びっくりしてたな。

仕事柄、子供の扱いは慣れているし、懐かれることもしょっちゅうだった文弥は、なぜ彼女がそんなに驚いているのか分からなかったが、恐らく普段は人見知りするマックスが、文弥に懐いていたからなのだろう。

「多分、僕が異国の人間なので興味があって、積極的に近づいて来て下さっているんだと思います」

「確かに、マックスは間近で異国人を見るのは初めてだからな」

ヴィンセントはそう言った後、

「一座の帰国や君自身の入院などにかかった金額について気になっていた様子だったが……正確な金額を知りたいか」

そう聞いて来た。

「できれば、お伺いしたいと思っています。それで、返済方法などについてもご相談させていただけたらと……。もちろん、僕一人がどれほど頑張ってもお返しできる額ではないと分かってはいますが」

そう言った文弥の前に、ヴィンセントは二枚の書類を差し出した。

「座員の船の切符を購入した書類と、病院の領収書だ」

差し出されたそれを受け取った文弥は、恐る恐る書類を見る。

何が書かれているのかはまったく分からないが、数字だけは読み取れた。

そして読み取ったその数字だけでも、文弥は気を失いそうになった。

しかも、その数字はポンドだから、そこからさらに円表示に変えなくてはならないのだ。

「……こんなに…」

絞り出せた言葉が、それだ。

予想していたよりもはるかに多い金額に、頭がクラクラしていた。

——たとえ半分でもって思ったけど、それだって一生かかっても無理だ……。

どうしていいのか、まったく分からなかった。

「僕に、こんな金額は……どう頑張ってもお返しすることはできないと思います」

そう、奇跡でも起きない限りは無理だ。

「ですが、たとえ少しでもお役に立たせていただくことができればと思っています。今すぐには無理ですが、体がもう少し落ち着けば……下働きをすることくらいしかできないと思いますけれど……」

そう言った文弥に、ヴィンセントは酷薄な笑みを浮かべた。

「君がそこまで言うのなら、頼むことにしようか。昼にも言ったと思うが、マックスの相手をしてやってほしい」

「それはもちろんです」

「それから、私の相手を」

さらりと続けられた言葉の意味を、文弥は測り兼ねた。

「……ヴィンセント様のお相手、ですか?」

マックスのように遊び相手になれという意味なのだろうか?

公演を二度も見に来てくれていたから、自分の芸を気に入ってくれているのかもしれないとは思うが、どうも違う気がした。

意味が分からないでいるのは、文弥の顔を見れば明らかだったらしい。

ヴィンセントは静かな声で続けた。

「分かりやすく言えば、私とベッドを共にしろ、ということだ」

そこまで言われて文弥はようやく理解し、そして目を見開いた。

「それは、その……」

一座で女形として舞台に上がることもあるから、贔屓筋の旦那衆からその手の誘いはよくあったが、これまではすべて誠之助が断ってくれていた。だから、自分が同性から性欲の対象として見られることは理解していたが、やはりショックだった。

「無理ならば……」

「いえ、大丈夫です！」

文弥はとっさに、そう言っていた。

断ることなど、できるわけがないのだ。

すでにとんでもない金額を、ヴィンセントは援助してくれている。贔屓筋の援助など比べものにならない金額だ。

「その、まだ体がこの調子ですので、今夜すぐというわけにはいきませんが」

気が付けば、文弥はそう言っていた。

もちろん断る気はなかったが、口だけが勝手に動いているという感じで気持ちがまったくついて行かなかったのだ。

「私も、病人に無理強いをさせるほど野蛮ではないつもりだ」

ヴィンセントは文弥が手にしたままの書類を取り上げ、机の上に投げ出す。

そして、ゆっくりと文弥の頬に触れた。

「だが、口づけだけなら体に負担をかけることもないだろう」

そう言ったヴィンセントの唇がゆっくりと近づいて来て、文弥の唇と重なる。触れた唇の感触に、文弥の体が小さく震えた。

ヴィンセントはそっと文弥の腰に手を回して抱き寄せながら、口づけを深くする。

口腔に入り込んで来た舌は、不慣れな文弥をまるで弄ぶように無遠慮に蠢いた。舐め回される口腔の粘膜が淫らな熱を帯び、文弥の膝がガクガクと震え始める。

濃密すぎる口づけに、文弥の頭はもはや何事も考えられなくなっていた。

唇が離れたのはいつだったのかさえ、文弥には分からなかった。

気が付けば、ヴィンセントに抱えられるように抱き締められていた。

「立てるか?」

冷静な声が耳元で囁いていた。

その言葉に、文弥は口づけで頭が真っ白になっていたことに気づき、恥ずかしさが一気に頭まで突き抜けた。

「だ……大丈夫です……っ」

そうは言ったものの、足はガクガクしてヴィンセントの手が離れれば立っているだけでも難しいだろうことは、すぐに分かった。

それでも、文弥は必死で足を踏ん張り、ヴィンセントの胸をそっと押し返す。

とてもじゃないが、ヴィンセントの顔を見ることなどできなくて、文弥は顔を隠すように俯き、言った。

「こ……今夜は、もう遅いので……これで、失礼させていただいてかまいませんか……？」

声まで震えて、明らかに挙動不審だ。

だが、ヴィンセントはゆっくりと文弥を支える手の力を抜きながら言った。

「ああ。夜遅くにすまなかった。ゆっくり眠るといい」

ヴィンセントの手が離れる。文弥はなんとか立っていた。

「それ、では……失礼します」

そうは言ったものの、歩き出せるかどうか定かではなかった。ゆっくり一歩を踏み出してみたが、足の感覚がおかしくて、まるで初めて歩くことを覚えた子供にでもなった気持ちで足を踏ん張り踏ん張りしながら、文弥はヴィンセントの部屋を後にした。

客室まで転ばずに戻って来れたことは、もはや奇跡だと思う。

それくらい、文弥はあの口づけに翻弄されていた。

しかし、それも無理はないのだ。

座員同士の酒の上での掠め取るような口づけの経験はあっても、あんな深い口づけはしたことがなかったのだから。

「はぁ……」

ベッドに横たわったものの、文弥は眠るどころではなかった。

――まさか、閨《ねや》での相手をって言われるとは思わなかった……。

予想外の言葉だったが、恩義、などという言葉では片付けられないほどの援助を受けているのだから、望まれているのならば自分の体だろうがなんだろうが差し出すのが、やはり人としての道だと思う。

――確か、寛次郎さんたちが前に旦那衆との閨での話、してたな……。

一座の中には、贔屓筋の旦那衆と情を交わしている役者は少なくはない。その中には、同性に身を任せている者もいる。

――旦那の立派なモノを後ろに入れるんだって、言ってた……。

文弥に誘いをかけて来た旦那がいる、という話が出た時だ。聞きたくもないのに――聞きたくない様子なのが分かっているからこそだろうが、いろいろ聞かされた。

それが近いうち自分の身に起こるのかと思うと、とてもじゃないが冷静ではいられない。

――だって、ヴィンセント様が…だよ?

冷静そのものの顔をしたヴィンセントが、どんな顔でそういうことをするのかとか、いろいろと無駄に想像してしまうが、まったく想像がつかなかった。

今夜だって、ヴィンセントがどんな顔をしていたのかさえ分からないのだ。文弥が俯いて、顔を見ないように必死だったから。

今度、呼び出される時は口づけだけじゃないのだと思うと、やはり未知のことへの怖さが先立つ。

それでも、相手がヴィンセントならばいいか、と思っている自分もいることに文弥は気づいた。

正確に言えば、恥ずかしいとか、どうなるか分からないという感じはとても強いのだが、嫌だとは思っていない。

もし、これが贔屓にしてくれる旦那衆からの断れない申し出だったら、きっと嫌、という気持ちが先立っただろう。

旦那衆は決して悪い人たちではない。

文弥の芸事の上達を何より喜んでくれているし、いつも優しくしてくれている。

しかし、自分の父親と同じくらいの年齢の男に身を任せる気にはどうしてもなれない。

——ヴィンセント様なら、いい。とても素敵な方だし……。

そう、とても素敵で綺麗な人だ。

「ヴィンセント様」

小さく呟いた途端、言葉にならない感情が胸の中に渦巻いた。

「……寝よ…。これ以上考えたら、また熱が出ちゃいそうだ」

文弥はそっと目を閉じた。

だが、眠りはなかなか訪れそうにはなかった。

3

文弥の体調を考えてくれたのだろう。ヴィンセントは数日間、文弥を呼び出すことはなかった。

食事の時などには顔を合わせたが、あの翌日でさえヴィンセントは顔色ひとつ変えず、いつもの冷たくさえ思える冷静さで文弥と朝の挨拶を交わした。

文弥など、目覚めてからヴィンセントに会うまで、何十回も頭の中で挨拶の練習をしたというのに、だ。

――どういうおつもりなんだろう……?

嫌っている者に閨での相手をさせようとはしない、とは思うが、相手を好きではなくても抱けるのが男でもある。

もちろん、文弥にそういった経験はなく――とにかく誠之助が悪い虫を排除してくれたからなのだが、そのおかげで女性との経験さえ皆無だ――聞くところによると、男というのはそうらしい。

だから、特に文弥に興味はなくても、文弥に返せるものが体しかないからと、そう言ったのかもしれない。

——実際、そうだけど……。

住むところに食事、身の回りの面倒まで見てもらっているのだから、そう思われていても仕方がない。

仮に現金で清算することを要求されても、文弥一人の力では、劇場を人で埋めて公演を開くことはできないと、分かっているからだ。

「文弥、どうしたの？　まだ、体の具合悪いの？」

心配そうな顔でマックスが文弥をのぞき込む。それに文弥はふっと笑った。

「いいえ、少し考え事をしていただけです」

「よかった。また、体の具合が悪くなっちゃったのかと思った。もう熱はないんだよね？」

小さな手で文弥の額に触れる。

マックスは、文弥にべったりといっていいほど懐いて、勉強時間が終わると必ず文弥を探してやって来る。

熱が下がった文弥は、少しずつ体を動かすようになり、昼間は屋敷の庭を散歩したりするようになったので、マックスは探すのが大変らしい。

まるでかくれんぼをしているみたい、と昨日は笑っていた。

今日はあいにくの雨なので、マックスの部屋で絵を描いて遊んでいる。マックスが描いたのは黒い髪に青い瞳の人物、つまりヴィンセントだった。

「マックス様は、ヴィンセント様のことがお好きですか？」

文弥はマックスの描いた絵を見ながら問う。

「お兄様？　うん、大好き」

マックスはなんのためらいもなく答える。

「お兄様はね、とても凄いんだよ。いろんなことを知ってらっしゃって、なんでも教えてくれるの。それでね、狩りもとてもお上手で、前にみんなでライチョウを狩りにいらした時に一番だったし、あとね、社交界でも女の方にとても人気があるんだって」

「マックス様にとって、ご自慢のお兄様なんですね」

文弥がそう言うと、マックスは素直に頷いたが、でもね、と少しつまらなさそうな顔をして続けた。

「いつもお忙しくて、今はあんまり遊んでくれないの。お父様がいらっしゃった時は、いっぱい一緒にいてくれたのに、今はお父様のかわりにいろんな人にご挨拶したりしにお出掛けになるから……」

マックスが言うとおり、ヴィンセントは随分と忙しそうで、毎晩社交界の集まりなどに出掛けている。

帰宅時間は日によって違うが、たいていは夜半過ぎのようだ。

それでも朝食の時間にはテーブルについているから、凄いと思う。

「どうしてそんなにお忙しいんでしょうね？」

毎晩出て行かねばならないほどの何があるのか、文弥にはまったく分からなかった。その疑問に答えてくれたのは、二人の様子を見ていた子守役のメイドだった。

「今は社交の季節《ロンドン・シーズン》の中でも一番華やかな時期ですから、毎晩いろいろな場所で様々な集まりが開かれております。伯爵家ともなれば、そのお誘いはそれこそ山のようにございますので、お忙しいんですよ」

「ロンドン・シーズン？」

「九条様には耳慣れないお言葉でしたわね。地方に領地をお持ちの皆様は、夏の終わりにはそちらに戻ってお過ごしになられることが多いんです。十二月頃から再びロンドンに集まられて、四月からの三カ月ほど、つまり今頃の季節は毎晩のようにパーティーですわ。上流階級の皆様は、社交がお仕事のようなものですから」

「そうなんですか……」

説明されて、自分たちで言うところの『贔屓筋からの断れない誘い』みたいなものなのだろうかと想像してみるが、いまいちピンと来なかった。

「文弥は、お兄様のこと好き？」

今度はマックスが逆に聞いて来た。だがそれに、文弥は戸惑ってしまう。そういう意味で聞かれているのではないと分かっているのに、つい意識してしまうからだ。

「そうですね……とても素敵な方だと思います。でも、少し怖い方なのかな、と思うこともあります」

「怖い？」

首を傾げたマックスに、文弥は考えながら言った。

「本当に怖い、というわけじゃありませんよ。ただ、あまり笑ったりなさる方ではないので、何を考えていらっしゃるか分からないこともありますから。マックス様は、怖いと思ったことは？」

「んっとね、怒ってらっしゃる時は怖いよ。僕がダメなことをした時は、とても怖い顔で怒るの。でも、それ以外の時は凄く優しいよ」

この数日で、マックスがとても繊細な神経の持ち主だということは分かっていた。そのマックスが優しいと言うのだから、ヴィンセントは感情をあまり表に出さないというだけで、実際には優しいのだろう。

優しくなければ、一座が路頭に迷っていても手を差し伸べたりはしなかったはずだ。

——それに、僕の体調がよくなるまで待って下さってもいるし……。

きっと優しい人だ。

文弥は自分に言い聞かせるように胸のうちで呟く。

そうでもないと、ヴィンセントと情を交わすのが怖くなる。

「文弥、また考え事？」

マックスに聞かれ、文弥は苦笑する。

「いえ、今は少しぼーっとしていました。……マックス様は絵がお上手ですね、それはマーロウさんですね」

文弥が新しく描かれた絵を見ながら言うと、マックスは蕩けそうな笑顔を浮かべた。

「今度は、文弥を描くね！」

そう言って、スケッチブックの新しいページに文弥を描き始める。

その様子を見ながら、文弥はとりあえずヴィンセントのことは考えないように、自分の中に蓋をした。

◇◆◇

その夜、ヴィンセントは比較的早く戻って来た。

早かったといっても、すでにマックスが眠ってしまった時刻ではあるのだが、いつもと比べれば早い時刻だ。

とはいえ、ヴィンセントの帰宅を知ったのは、彼の部屋へと呼び出されたことでだ。

「九条様とお話しになりたいとのことなのですが」

呼びに来たマーロウはそう言っていたが、多分ヴィンセントの用事は話ではないだろうと文弥は思った。

——体調も元どおりに近いし、きっと閨の相手だ……。

文弥は覚悟を決め、この前と同じようにマーロウに伴われてヴィンセントの部屋に向かう。

部屋に着くと、ヴィンセントはやはりこの前と同じくマーロウに下がるよう言い、部屋にはすぐに二人きりになった。

二人きりになったのだと意識をすると、もともと鼓動がおかしくなりかけていた文弥の心臓は、もっとおかしくなり始めた。

まるで心臓が二つも三つもできたみたいにドキドキして、それなのに指先は冷たいのだ。

「体調は、もう随分とよさそうだと聞いているが」

最初に口を開いたのはヴィンセントだった。その言葉に、文弥は頷く。

「おかげ…さまで……」

ヴィンセントが体調を問う意味を予想して、声が小さく震えた。

そして、その予想は外れてはいなかった。

「以前、私の相手をと言ったと思うが、覚えているか」

「覚えております」

「そうか。なら、こちらへ」

ヴィンセントの声はいつもと同じ、静かで感情の感じられない声だった。ヴィンセントはそのまま奥にある扉へと向かって行く。

文弥はヴィンセントを追って、奥の部屋へと入った。

そこは寝室で、豪奢な天蓋のついた大きなベッドがあった。

文弥はこれ以上ないほど緊張をしながら、ベッドの傍らに立つヴィンセントへと近づく。

ヴィンセントの手がそっと伸び、文弥の頬に触れる。

「顔が赤いな。まだ熱があるのか？」

「い、いえ……大丈夫です。その、緊張してしまって……不慣れなものですから」

文弥はそう言って、必死で以前、仲間内で聞いた話を思い出そうとするが、頭が真っ白で何も思い出せなかった。

ヴィンセントは文弥にそっと顔を近づけ、そのまま口づける。

この前と同じような深い口づけは、文弥から簡単に思考を奪い去ってしまう。入り込んで来た舌がそろりと口蓋を舐める感触に、文弥は体を震わせた。

膝が震えて、足元が危うくなったのを感じ取り、ヴィンセントは唇を離した。

「立てなくなる前に、ベッドへ入ってもらおうか」

意地悪な笑みを含んだ声で囁かれ、口づけだけで立てなくなりかけているのが恥ずかしくて仕方がなくなった。

文弥は促されるままベッドへ上って、座る。だが、その後どうしていいか分からなかった。

着物を脱いだ方がいいのか、それともそのままの方がいいのか。

——どうするって、前に言ってたっけ……。

こんなことになるなら、嫌がらずにみんなの閨での話を聞いておけばよかった、と文弥はいまさらな後悔をする。

しかし、文弥の脳裏をそんな後悔が占めたのは、ほんの僅かな間だった。すぐにヴィンセントの手が着物へとかかったからだ。

「この紐は、どこで結んであるんだ？」

合わせをはだけようとしたヴィンセントは、腰で結んでいる帯に指を伸ばす。

「あ、と…取ります」

文弥は急いで背中の結び目を解き、巻いている帯を緩めて外した。そうすると、自然と合わせが開いて肌がのぞく。

「日本の民族衣装は、随分と簡単な作りになっているんだな」

淫靡な気配を漂わせる笑みを浮かべながら、ヴィンセントは着物の前を大きく開いた。滑らかな薄い胸が露になり、ヴィンセントの手がその胸に沿って触れる。そのままゆっくりと押されて、文弥は体をベッドに横たえた。

「まるで、子供のような体だ」

耳元に囁きながら、ヴィンセントは胸を撫で回し始める。人の手がこんな風に自分の体に触れるということも、今までには経験したことがなかった。

何もかもが初めてで文弥はどうしていいか分からなくて、身動き一つできなくなる。

頭の中は、どうしよう、ばかりだ。

頬に落ちたヴィンセントの唇が冷たいと感じたことで、自分の顔が真っ赤になっていることを知った。

その唇がゆっくりと首筋を伝い、鎖骨を過ぎる。そして、胸で淡く色づいている突起に吸い付いた。

「……っ……！」

もはや声さえ上げられないほど、文弥は混乱していた。唇がわななくように震えて、歯がカチカチと鳴る。

その様子に異常を感じたのかヴィンセントが顔を上げ、文弥を見た。

「文弥……？」

訝しげなヴィンセントの顔に、文弥はなんとかして言葉を紡ごうとするが、言葉が何も浮かんでこない。というか、浮かぶのは日本語ばかりで、英語にまったく変換できないのだ。

「そ……ぁ、あの、あ……、えっと……」

その文弥の様子に、ヴィンセントは訝しげな表情のまま聞いた。

「まさか、初めてなのか？」

言い当てられて、恥ずかしさで文弥の顔がさらに赤くなり、目が潤む。それで、自分の問いが事実だとヴィンセントも気づいたのだろう。

眉間に深い皺を寄せたその表情は、まるで面倒だとか、厄介だとか、そういうような顔に見えて、文弥は慌てて口を開いた。

「あの……確かに、初めてですけれど、どういったことをするのかは一座の仲間から聞いてますので、その、不慣れで戸惑ってはいますが、大丈夫です……っ」

何が大丈夫なのか、自分でもよく分からなかったが、体でしか受けた恩を返すことができないのに、それさえ無理なのかと失望されたくなかった。

ヴィンセントは小さくため息をついた。

「いいんだな?」

その言葉に文弥は頷く。

ヴィンセントは少しの間、まだ難しい顔をしていたが、分かったと短く言うと、

「まずは、おまえの緊張を解くのが先のようだな」

と続け、文弥に口づけた。先刻のような深い口づけを施しながら、ヴィンセントは手を伸ばし、文弥自身を捕らえた。

「……っ…」

自分ではない手が自身に触れているというだけなのに、文弥自身はヴィンセントの手の中で震えて急速に熱を孕む。

そんな己の反応が恥ずかしくて仕方がない。しかし、ヴィンセントは文弥の羞恥を煽るように、ゆるゆると扱き始めた。

「……ん…ぅ…う」

ささやかな愛撫でしかない。なのに、文弥は他人から与えられる初めての刺激に過剰なまでに反応してしまう。数度、ヴィンセントの手が往復しただけで、文弥自身は先端から透明な蜜を溢れさせた。

それがまるで潤滑油のようにヴィンセントの指をぬるりと滑らせるのさえ、文弥の羞恥を煽り、さらに追い詰める。

「……っ…く…、ぁ、あ…」

口づけから解放された途端、文弥の唇から上がったのは濡れ切った声だった。その声に気をよくしたヴィンセントは、指を強く、そして淫らに蠢かした。

その指先が先端へと伸び、蜜を零す穴を塞ぐようにしたかと思うと、そのまま強引に擦り立てられた。

「あぁ……っ…や、だめ、あ、あ……っ」

敏感な部分へ加えられた愛撫に、文弥の腰が淫らに跳ねる。まるで達してしまったかのように大量の蜜が溢れ、ヴィンセントの指が動くたびに淫らな音を立てた。

そのいやらしい音に文弥はいっそうの羞恥を煽られたが、それ以上に気持ちがよくて仕方がなかった。

「ふ……っ…あ、あ」

自分でするのとは全然違う手管に翻弄され、文弥はあっという間に絶頂間近まで押しやられる。

「ヴィ……セ…様…もう……」

「我慢することはない、達けばいい」

ヴィンセントはそう言うと、先端を弄ぶ指を離し、文弥自身をキツめに握り直すとそのまま強く扱き上げた。

「や……っ…あ、あ、だめ、あ、あっ！」

他人の手で絶頂を迎えることに対し、禁忌めいたものを感じてしまっていた文弥は堪えようとする。だが、その努力はただの徒労に終わり、文弥はなす術もなく与えられた悦楽に自身を弾けさせた。

「ああ……っ、あ、あ……」

自分でする時の、ただの処理に近い解放などとは比べものにならないほどの強い快感に、文弥は長く体を震わせた。

その文弥の放ったもので濡れた手を、ヴィンセントはそっと後ろへと延ばす。そして、堅く窄まっている蕾の上で止めた。

「今のまま、力を抜いていろ」

ヴィンセントが何を言ったのか、いまだ絶頂の余韻の中にいる文弥には理解できず、ぼんやりとした瞳でヴィンセントを見るだけだ。

だが、その指が狭いそこをこじ開けて入り込んで来た時、文弥は慌てた。

「や……、だめ、だめです……っ」

力の入らない体を必死で捩ろうとするが、自分が動けば体の中にすでに半分ほど入り込んでしまっているヴィンセントの指が中をかき回す形になって、文弥は体を強ばらせた。

「……っ…だめ…ヴィンセント様、ダメです……」

必死で訴える文弥に、ヴィンセントは問いただした。

「何がダメなんだ？　覚悟はしたものの、無理ということか？」

それに文弥は頭を横に振った。

「違い…ます……。そんなところ…ヴィンセント様の指が、汚れてしまうから……」

後ろを使うのだということは知っている。知っていても、ヴィンセントに触れられるということにはどうしても抵抗があった。

その文弥の言葉に、ヴィンセントは聞いた。

「では、自分で準備ができるのか？　ここに、自分の指を入れて……こんな風に」

言いながら、中に埋めた指を少し揺らす。体の中に触れられている感触は、文弥の体を強ばらせた。

「……っ…」

戸惑いに文弥の眉が寄る。それにヴィンセントはふっと笑った。

「できないだろう？　無理をすることはない。私がしてやるから、おまえはじっとしていればいい」

それは、まるでマックスに言っている時のような、優しい声だった。その声に文弥は気づかぬうちに詰めていた息を吐く。

「そうだ、そのまま力を抜いていろ」

ヴィンセントはゆっくりと指を根元まで入り込ませると、小さく揺らして少しずつ慣らしていく。

最初のうちは違和感しかなかったが、単調な動きを繰り返されるうちに慣れてしまい、体から強ばりが解けた。

それを感じ取り、ヴィンセントは中の指を二本に増やす。

「あ……」

「息を止めるな。柔らかくなっているから、大丈夫だ」

冷静なヴィンセントの声に文弥は素直に従って、必死になって呼吸を繰り返す。

だが、一本の時とはまったく違っていて、開かれている、という感覚が強かった。

「きついか？」

表情に出ていたのだろう、ヴィンセントが文弥の顔を見つめながら問う。大丈夫だと言おうとしたが、そう言ったら中の指を大きく動かされてしまうんじゃないかと思うと、言うことができなかった。

「……少し…。慣れてしまえば、大丈夫だと…」

大きな声を出すと、体に響いてしまう。だから、答えた文弥の声は細く小さなものだった。

「ああ、慣れるまで動かさないから安心しろ」

優しい声に、文弥は泣きたくなる。

「すみません……手を、かけさせて…」

男女のことさえ分からない文弥だが、手間と時間をかけさせていることだけは分かる。

律義な文弥の言葉に、ヴィンセントは口元だけで笑った。

「時間をかけた分、楽しませてもらうから気にするな」

さらりと言われたが、それは考えるとてつもなく恥ずかしい言葉で、文弥は顔を今までよりもさらに赤くする。

ヴィンセントは文弥の様子にただ笑み、慣れるのを待ちながらもう片方の手で文弥の髪を梳く。

その感触が気持ちよくて、文弥は軽く目を閉じた。

「少し、動かすぞ」

しばらく間を置いてから、ヴィンセントは中の指をゆっくりと引き抜き始める。半ばまで引き抜いたその指で、中を探るように動かし始めた。

体の中を自分の意志とはまったく無関係に動くものがある感覚は、どうしても気持ちが悪くて文弥の眉が寄る。

だが、指が中のある場所に触れた時、文弥の中に気持ち悪さ以外の感覚が走り抜けた。

「……あ…」

文弥が漏らしたささやかな声に、ヴィンセントはそこで指を止めた。

「ここか……?」

そう言い、再び同じ場所を指先で擦る。その途端、文弥の腰が小さく跳ね、それと同時に甘い声が漏れた。

「ぁあっ……や、ぁ……」

「おまえのいい場所はここか」

ヴィンセントは見つけ出した場所を、二本の指で執拗なほど、なぞり上げる。

「だめ……そこ、や……っ、あ、あ……っ」

「気持ちがいいんだろう? 腰が揺れているぞ」

確かにその言葉どおり、文弥を支配しているのは快感だった。それも、これまで経験したことがない、ねっとりと絡み付くような甘い悦楽だ。文弥は手足を意志とは無関係に跳ねさせる。

「こちらも、またこんなにして……」

淫靡な響きと共にヴィンセントの手が文弥自身へと伸びた。

最初に絶頂へ導かれてからは触れられてさえいなかった文弥自身は、体の中への愛撫で再び熱を孕んで立ち上がっていた。

「ん……っ…あ、あ」

すっと撫でられただけでも甘い愉悦が体を駆け抜け、文弥自身からは早くも新しい蜜が溢れ出す。

ヴィンセントは体の中を探る動きはそのままで、すっと顔を下げておもむろに文弥自身を口に含んだ。

「……っ！」

それは、文弥が想像すらしなかった愛撫だった。

――ヴィンセント様が、僕の……。

そう自覚した途端、顔から火が出そうなほどの羞恥が文弥を押し包んだ。

「だめ……っ、ヴィンセント様、やめてください！」

必死で指を伸ばし、ヴィンセントの髪を掴んで離れて、と訴える。だが、ヴィンセントには文弥の訴えを聞くつもりはまったくなく、むしろ、文弥を追い詰めるように、口に含んだ自身へと舌を絡めた。

「ふ…あ……っ、あ！」

体の中への愛撫を続けたままで、自身にまで刺激を与えられれば、文弥の限界はあっという間に訪れる。それでも、文弥は必死で堪えた。

このままでは、ヴィンセントの口に出してしまうからだ。

「……ヴィ……ト、様……だめ、もう……離して……出ちゃ……」

しかし、文弥のその言葉は、ヴィンセントに己の限界を教えただけに過ぎなかった。ヴィンセントは中の指を軽く曲げて引っ掻くようにしてグルリとかきまぜるのと同時に、文弥自身を強く吸い上げる。

「――――や……！　あ、あ、ああっ」

悲鳴じみた声と共に、文弥はヴィンセントの口の中で達した。

「ぁ、あ……、あ、あ……」

放ってしまった蜜を飲み下す喉の動きさえ、絶頂の最中にある文弥には愛撫に等しく、文弥は声を漏らしながら体を震わせる。

文弥が放った蜜をすべて飲み下してから、ヴィンセントはゆっくりと顔を上げた。それと同時に、文弥の体の中から指を引き抜く。

「もう、そろそろ大丈夫だろう」

そう言うと、ヴィンセントはようやく自分の服に手をかけた。

文弥はその様子を絶頂後のけだるい余韻に侵されたまま、ぼんやりと見つめる。

シャツが脱ぎ落とされ現れたのは、同性として見惚れるしかないほど完成された美しい体だった。

その美しさに文弥は見入っていたが、ヴィンセントの手がズボンにかかったのに、慌てて視線を逸らす。

文弥の様子を視界の端で見ていたのか、ヴィンセントがふっと笑った気配がした。

やがてヴィンセントがすべてを脱ぎ終え、文弥の足を掴む。それに文弥は小さく体を震わせた。

「怖いか？」

ヴィンセントの問いに、文弥は小さく頷く。

これから体験することへの怖さは確かにあるからだ。

「でも……大丈夫です。ヴィンセント様に、お任せします」

怖さと、ヴィンセントへの義理や信頼を天秤にかければ、ヴィンセントの方へと傾いた。

文弥は息を吐き、目を閉じる。

ヴィンセントは掴んだ文弥の足を大きく左右に開かせると、先程まで指で弄んでいた蕾へと自身を押し当てた。

「あ……」

触れたそれは意外なほどの熱と硬度を保っていた。

どこまでも冷静だったヴィンセントが、自身を高ぶらせていたなんて思わなかった。意外すぎる事実に、文弥は目を開き——そして、視線の先にヴィンセント自身を見つけ、絶句した。

それは、文弥がこれまで目にした誰のものよりも大きかったのだ。

もちろん、他人のものをまじまじと見たわけではないが、一緒に銭湯に通えば嫌でも目に入る。

——あんな大きいの、入るわけがない……っ。

文弥が恐怖に身をすくめるより早く、ヴィンセントは自身を文弥の中へと入り込ませた。

「ぁ、あ……」

指で慣らされただけでは、ヴィンセントの逞しすぎるものを受け入れるにはまだ足りなかったらしい。思った以上の圧迫感が文弥を襲った。

頭の部分を文弥の中へ埋めると、ヴィンセントはそこで動きを止める。

「今が一番キツいだろうが、最初さえ入ってしまえば後は同じだ」

そう言うと、文弥自身を手に収め緩やかな愛撫を与え始めた。最初は、咥え込まされたものの存在に圧倒されて感じるどころではなかった文弥だが、自身への愛撫に気を取られてしまえば、後はもうヴィンセントのなすがままだ。

「ん……あ、あ」

前への愛撫を続けながら、ヴィンセントはゆっくりと文弥の奥までを犯していく。

そして、最後まで受け入れさせると、一度動きを止めた。

「これで全部だ。大丈夫か?」

気遣う言葉に、知らないうちに閉じてしまっていた目を開けると、ヴィンセントはいつもと同じ冷静な顔をしているように見えた。

だが、それとは裏腹に体の中のヴィンセントは熱く脈打っていた。そのギャップに文弥は唇を震わせ、確かめるように手を自分の下腹へと伸ばした。

「ここ…まで、ヴィンセント様が……」

それは、ただ実感としての言葉だった。しかし、その言葉にヴィンセントは眉を寄せる。

「そんな風に煽るな」

文弥がその言葉の意味が分からずにいると、ヴィンセントは自身をゆっくりと引き抜き始めた。

半分以上を引き抜くと、さっき見つけ出した文弥の弱い場所を自身の先端で擦り上げる。

「……あ…っ、あ、や、そこ……」

指でされていた時よりも強い悦楽が湧き起こり、引きつるような声を上げて文弥は思わず両手でヴィンセントに縋り付いた。

「そのまま、つかまっていろ」

ヴィンセントはそう囁くと、その場所を捏ね回すような動きで責め立てる。

「やぁっ、あ、あ……だめ…ぁ、あ、だめ……っ」

「何がだめなんだ？　自分からも腰を振っておいて」

「……っ…あ、あ…っ」

悦楽が強すぎて、文弥はもう自分の意志ではどうすることもできなかった。

「ヴィ……様…っ…や、あ、ぁ……」

溺れる者のような必死さで縋り付いてくる文弥の唇から漏れるのは、やめてほしい、という哀願を含んだ声だ。だが、その腰は先程よりも淫らに蠢いて、ヴィンセントに蹂躙される肉襞も悦ぶように絡み付いて離れようとしない。

「気持ちがいいんだろう？　もっとよくなればいい」

文弥の様子に満足したような口調で言い、ヴィンセントはさらに強く腰を使った。

浅い部分だけではなく、奥深くまでを一気に貫き、そこで抉るように腰を回してから、また浅い場所まで引き抜いて、弱い場所をゴリゴリと擦るのだ。

その動きでもたらされる悦楽は、もはや文弥の許容範囲を超えていた。

「ふ……っ…ぁ、あ、もう…あ、いく……あ、あ……」

文弥の体がヴィンセントの下で大きく震える。ヴィンセントは逃げるように揺れる腰を強く掴んで、絡み付く肉襞を引きはがすような荒々しい動きで最奥までを貫いた。

「――っ、あ、あ、あぁあぁ……っ！」

文弥は音にさえならない悲鳴を上げ、絶頂へ駆け上がる。弾けた文弥自身が、二人の体の間で蜜を噴き零した。

「や…う、あ、あ……もう…だめ、……ごかないで……」

絶頂にヒクヒクと淫らな収斂を繰り返す内壁の動きをまるで楽しむように、ヴィンセントは文弥の中をかき乱す。

敏感になりすぎた体には、それは毒のような悦楽だった。苦しくて、死にそうなほどの快感が全身を犯すのだ。

いつしか、ヴィンセントの背に回していた手は力をなくしてシーツの上へと投げ出され、文弥は与えられる愉悦に四肢を痙攣させた。

その文弥の体を思う存分愉しんだ後、ヴィンセントは小さく息を詰めた。

「…っ」

体の中をかき乱していた熱塊が大きく脈打ち、文弥の体の一番深い場所で熱い飛沫が迸る。

「ああっ、あ……ぁ…、あ」

ビュクビュクと敏感な襞に叩き付けられる飛沫の感触に、文弥は唇をわななかせる。その文弥の頬や額にヴィンセントは優しい口づけを繰り返し、文弥が落ち着くのを待った。

そして、文弥の荒い呼吸がある程度治まったのを見計らって、ヴィンセントはゆっくりと文弥の中から自身を引き抜いていく。

すべてを引き抜いてしまってから、ヴィンセントは今まで自身を銜え込んでいた蕾へと指を伸ばした。

「や……っ…」

「じっとしていなさい。中のものをかき出しておくだけだ」

ヴィンセントはそう言うと、文弥の中に己が放った精液を指でかき出していく。

「そんな……ヴィンセント様がなさることじゃ……」

「動けもしないのに、自分では無理だろう」

冷静な口調でヴィンセントは言う。だが、いまだ敏感なままの文弥にとっては、あくまでも事務的な指の動きであっても新たな熱を呼び起こしてしまいそうだった。

——後始末、してもらってるだけなのに……。

それなのに感じてしまいそうになっている自分が恥ずかしくて仕方がない。

しかし、指一本動かすことさえできない今の状態では、ヴィンセントに任せるより他になく、文弥は体に宿ろうとする新たな熱を必死で堪えた。

◇◆◇

ベッドの中で、文弥は幾度目かのため息をついた。

自分に与えられているこの部屋に戻って来たのは、一時間近く前だ。あのままヴィンセントのベッドで眠ってしまいたいほど体中がだるかったが、朝、起きて来た使用人たちにヴィンセントの部屋で一夜を過ごしたと知られるわけにはいかなかった。

自分が知られたくない、というよりも、ヴィンセントの体面を考えると、知られるのはよくない気がしたのだ。

立てるだけの体力が戻ってから、文弥はなんとか部屋へと戻ってベッドに入った。

だが、体はとても疲れているのに、ヴィンセントの手の感触がまだ体に残っていて、目を閉じるとそれをより鮮明に思い出してしまう。

「……恥ずかしい……」

自分がどんな淫らな声を上げ、ヴィンセントの体に縋ったのかまで、すべてが芋づる式に蘇ってしまうから、なおのことだ。

「寝ないと、朝ごはんの時間に起きられないのに……」

もう午前三時近くになっている。

朝になってメイドが起こしに来てくれた時に、起きることができなかったら変に思われてしまう。

文弥は眠ろうと心に決め、寝返りを打った。

だがその瞬間、自分の体からヴィンセントの香りがして――。

「や……だ、もう……」

文弥はその後も長く懊悩するしかなかった。


翌朝、案の定文弥は目覚めるのが少し遅くなった。急いで着替えて朝食室に行くと、すでにヴィンセントとマックスがテーブルにいた。

「文弥、おはよう！」

マックスが笑顔で言ってくれるのに、文弥も小さく笑った。

「おはようございます。遅くなってすみません……」

すみません、はヴィンセントに向けて言ったのだが、ヴィンセントはいつもと変わらない無表情だ。

「そろったなら、始めよう」

その言葉でフットマンたちがすっと動いて朝食を並べ始める。

いつもと何一つ変わらない風景だ。

その中、食事をしながら文弥は気が重かった。

──気まずいっていうか、意識してたの僕だけなんだな……。

昨夜のことで、どんな顔をすればいいのかと思ったり、妙に意識して変になったらマックスに不思議がられると思ったり、起きてから朝食室に来るまで文弥はずっと悩んでいたのだ。

だが、ヴィンセントからは昨夜のことなどまったく感じられもしない。

贔屓客と床を共にするのは、相手が自分に対して芸を愛でるという以上に大切に思ってくれているからだと役者仲間は言っていた。

それが、花形役者を自分のものにしたという優越感から始まるものであっても、大切だと思われているから、応じるのだと。

しかし、ヴィンセントとのことは、そういった感じとは全然違う気がする。

完全に体だけ、と割り切ったものだ。

——借金を返す代わりなんだから、当然だけど……。

寂しいと思う気持ちは、どうしてもある。

せめて、少しでも自分を思ってくれているならばいいのに。

どうしてもそう思ってしまうが、仕方のないことなのだと自分に言い聞かせる。

イギリスの貴族が、日本人のしがない芸人である自分に心を止めてくれることなどありはしないのだ、と。

4

その夜もヴィンセントは晩餐会に出掛け、留守だった。

文弥には何も言わずに出掛けたので、今夜も呼び出されるのかどうかが分からず、帰りを待つことにした。

待っているのは自室ではなく、リビングだ。

最初、玄関ホールで待つつもりだったのだが、せっかく治ったのにまた風邪をひく、とマーロウに止められ、まだ暖炉の火を消していなかったリビングに連れて来られたのだ。

「このお時間になってお戻りにならないということは、もっと遅くおなりかもしれません。文弥様はお客様なのですから、お休みになって下さい」

時計の針が十一時を回った頃、マーロウはそう言ったが文弥は頭を横に振った。

「お世話になっているので、お帰りをお待ちするくらいはと思うのですが……もしかして、僕がここにいるとご迷惑になっていますか？」

文弥の言葉にマーロウは慌てて否定した。

「いいえ、そのようなことは。ただ、文弥様のお体のことを考えるとあまり夜更かしはよくないのではと思いましたので」

「ありがとうございます。では、そうですね。後一時間だけ。それくらいなら暖炉の火も持つと思いますし」

文弥は暖炉に目を向けた。

赤々と石炭に火がついていて、それくらいなら十分持ちそうだ。

春とは言っても、まだまだ夜には冷えるから暖炉には火が入れられているのだが、新たに石炭を足さねばならないようなら、あきらめて部屋に戻るつもりでいる。

玄関ホールで待つつもりだったのも、あまりいろいろなものの無駄遣いをしたくなかったからだ。

「マーロウさん、こちらで働いていらっしゃる方が普段お使いになっている部屋で、空いている部屋ってありますか?」

文弥のその問いに対するマーロウの口調は、

「ございますが、なぜ急にそのようなことを?」

表情こそ変えないものの、戸惑いが感じられた。

「体の調子もよくなってきているので、できればそちらに移らせていただけたらと思っています。使わせていただいているお部屋はとても素敵なんですが……落ち着かなくて」

広くて豪華で素晴らしいけれど、落ち着かない。それは自分があの部屋に見合う人間ではないからだ。

「お客様に使用人の部屋で寝泊まりしていただくわけには……。ヴィンセント様も、お許しにはならないと思いますが」

「そのお客様、というのも、なんだか違和感があって。その、僕は日本ではずっと働いて来ましたから……本当に慣れないんです」

文弥がそこまで言った時、門扉が開き馬車が近づいて来る音が聞こえた。

「お帰りになられたようです」

マーロウは無茶な要求が途切れて助かった、とでもいうような様子で玄関ホールへ向かう。

文弥は話の腰を折られた気分になりながら、マーロウに続いた。

玄関ホールには、馬車の音を聞き付けて遅番の使用人が迎えに出ており、ほどなくして玄関の扉が開けられヴィンセントが入って来た。

「お帰りなさいませ、ヴィンセント様」

揃った声で言い、頭を下げて迎え入れる使用人に文弥は慌てて同じように頭を下げたが、タイミングがずれたせいで目立ったのか、後ろにいた文弥にヴィンセントはすぐに気づいた。

「まだ、起きていたのか……？」

驚いているのだと思うが、少し眉を寄せて自分を見るその顔は、どこか非難しているようにも見えた。

少し体がよくなった程度で夜更かしをしているのかというような感じで。

もちろん、ヴィンセントに滞在を迷惑がられているんじゃないかと文弥が勝手に感じているせいなのだが、どうしても咎められるんじゃないかと思ってしまう。

実際に怒られたことなど、一度もないのに。

「お世話になっているので、せめてお出迎えだけでもとおっしゃいましたので」

マーロウがそっと言葉を添えてくれる。それにヴィンセントは納得したのか、頷いた。

「そうか。……起きていたなら都合がいい、今日のマックスの様子を聞かせてもらいたい。部屋へ」

ヴィンセントはそう言うと、文弥の前を通り過ぎ階段を上って行く。

「九条様もどうぞ」

マーロウに促され、文弥も階段を上りヴィンセントの部屋へと向かった。

「お留守の間に届きましたお手紙と招待状は、机の上に置いてございます。それから、来週、バークレー子爵家の御令嬢が初めて舞踏会に出席されるとのことで、エスコートをヴィンセント様に、是非にと」

「バークレー子爵の御令嬢ならば、私のように身分の不確かな者よりも、相応しいお立ち場のお相手が何人もいらっしゃるだろう。その方々の恨みを買いたくはないからな。お断りしてくれ」

「かしこまりました」

マーロウはそう言ってから、少し迷うような間を置いてから続けた。

「これは、確かな話ではないのですが、ブロードリック侯のお加減が思わしくないご様子です」

その言葉にヴィンセントは眉を寄せる。

「……そうか」

「いかがいたしましょう」

「候には御子息も御令嬢もいらっしゃらない。何かあったとて、今後、マックスが社交界に出る時に特に支障はないだろう。しばらく様子を見て、もう少し社交界で話題に上がれば見舞いを考える」

ヴィンセントの返答にマーロウは戸惑う様子を見せたが、言葉を挟むことはしなかった。

「かしこまりました」

「他に何かあるか？」

「いえ」

「届いた手紙には今夜中に目を通しておくから、下がってくれていい」

ヴィンセントの言葉にマーロウは恭しく頭を下げ、部屋を後にする。

ヴィンセントは机に向かうと山積みになっている手紙の一番上のものを手に取り、封を開けながら文弥に声をかけた。

「今日、マックスはどうしていた？」

「まじめにお勉強をなさっておいででした。その後、夕食まで話したり、日本のおもちゃで遊んだりしていました」

「そうか」

短く言って、ヴィンセントはペンを取り、便箋に何かを書き始めた。

「お返事を、お書きになっているんですか？」

「ああ」

「そこにあるお手紙、全部にお返事を？」

山積みになっている手紙すべてに返事を書くのだとすると、それだけで夜が明けてしまいそうに思えた。

「目を通して、私が直接書いた方がいいと思える相手からのものだけだ。後はマーロウに任せておく」

「お忙しいんですね」

社交というものがどういうものなのかいまいち分からないが、ヴィンセントはかなり疲れている様子だから、大変なのだろう。

疲れて帰って来たのに、たくさん来ている手紙の類いに目を通し、返事を書かねばならないのだから、本当に忙しい人なのだと改めて思った。

「ああ、忙しくてそうそう君に相手をしてもらうわけにもいかない」

ヴィンセントはペンを置くと、視線を文弥へと向ける。

「今夜は、もう部屋に戻ってくれていい」

「分かりました」

文弥はぺこりと頭を下げて、扉へと向かった。扉を開ける前に一度振り返ると、ヴィンセントは次の手紙に目を通していた。

「……おやすみなさい」

小さく声をかけ、文弥はヴィンセントの部屋を後にした。

◇◆◇

翌日、ヴィンセントは朝食を食べると出掛けて行った。

「ヴィンセント様って、本当にお忙しいんですね」

することが何もない文弥は、庭にある菜園の雑草を抜きながらガーデナーに聞いた。

最初はマーロウに何か手伝わせてほしいと言ったのだが、することは何もないと言われ、直接現場に行けば何かあるかも、とキッチンとランドリーに顔を出したが『お客様の手を煩わせるなんてとんでもない!』と追い出されたのだ。

それで庭に出て来たのだが、ガーデナーも手伝いらし手伝いはさせてくれないものの、手伝いのまね事をさせてくれている。

どんな簡単なことでも、することがあるのは文弥にはありがたかった。

「旦那様がいらした時には、もう少しごゆっくりなさってましたが、今は一人ですべてをこなしていらっしゃいますから。ああ、文弥様、もうそのくらいで結構ですよ」

任せておいた部分の雑草が、完全に取り払われているのを見て、ガーデナーは文弥を止める。

「もしかして、取ってはいけない部分も取ってしまいましたか？」

「いえいえ、そんなことは。あまりに綺麗に取って下さったので喜んでいますよ。一生懸命なさっていたので、そろそろお疲れになったのでは？」

「いえ、大丈夫です。いろいろな植物がたくさんあって、とても楽しいです。これは、なんですか？」

雑草を取っていた近くにある植物を指さし説明を請うと、ガーデナーは興味を持って聞いたことが嬉しいのか、丁寧に答えてくれる。

「それはマジョラムです。主に肉料理に使うハーブですが、乾かしたものを枕に入れておくとよく眠れるそうです」

「じゃあ僕は枕に入れないように気をつけないと。お屋敷のお布団は気持ちがよすぎて、つい眠りすぎてしまうので」

文弥が言うと、ガーデナーは笑った。その後も昼食までガーデナーについて、いろいろな植物の話を聞いて過ごした。

昼食は、マックスと一緒に食べた。いつもマックスは、午前と午後にそれぞれに二時間ずつ勉強をしているのだが、今日の勉強は午前中だけにしたらしく、午後は一緒に遊ぶことになった。

今日の遊びはマックスに連れられての、屋敷内の探索だった。

「文弥、次はこっち!」

マックスは楽しそうに文弥の手を引いて回廊を進んで行く。

「ここに飾ってあるのはね、僕のご先祖様の絵なの。これがおじいさまのおじいさまで、これがおじいさまのお父様とお母様。こっちの小さいのは、おじいさまの早くに亡くなられた妹だって」

一枚一枚、マックスは説明をしていく。

「これが僕のお父様。ローランドっていうお名前なの。お母様と結婚したばかりの頃の絵で、僕が生まれるすごく前」

描かれていた紳士は金色の髪に深い緑の瞳の、とても魅力的な人物だった。かなり女性に人気があっただろう。

「格好いいでしょう?」

「ええ、とても」

「それでね、こちらがお母様で、お名前はエレノア」

マックスの父親の隣に飾られた絵に描かれていた女性の姿に、文弥は思わず息を呑んだ。白い肌に薔薇色の頬、細く繊細な鼻梁に花びらのような唇。きちんと結い上げられた髪は美しい金色だ。そして、まるで吸い込まれてしまいそうな空よりも深くて青い瞳。それはヴィンセントとマックスの二人とまったく同じ色だった。

「綺麗……」

思わず漏れた言葉は日本語になってしまっていたのだろう。マックスが不思議そうな顔で文弥を見た。その視線に、文弥は言い直した。

「とても美しい方で、驚きました」

文弥がそう言うと、マックスは自分が褒められたように嬉しそうに笑む。

「お母様はね、昔からすっごく美人で、社交界ではたくさんの男の人がお母様のことを好きで、お父様も好きだったんだけど、お母様は最初、お兄様のお父様とご結婚されたの。それで、お兄様のお父様がお亡くなりになって、お父様が求婚したんだって」

「マックス様のお父様の恋が実ったんですね」

「うん。だけど、いろんな人が反対したみたい。特にお父様の親戚の人がたくさん」

マックスの父親が三十半ばまで独身を貫いていたことは、以前ヴィンセントから聞いていた。

肖像画に描かれたマックスの父親は、かなりの美形だ。相当、もてただろうことは想像に難くない。

相手はよりどりみどりだったにもかかわらず、選んだ相手が美しいとは言え、子連れの未亡人ともなればもめないはずがない。

「でもね、お父様は親戚の方と縁を切ることになっても、お母様と結婚するっておっしゃったんだって」

「素敵なお話ですね」

「文弥のお父様とお母様は、どんな人だったの?」

その問いに、文弥はふっと両親の姿を思い出した。

覚えているのは、父親の膝の上に座り、舞台で美しく舞ったり、演じたりしている母を見たことだ。

「父は、お医者様の卵で、母は僕がいる一座の花形役者でした。父は、たまたま母の舞台を見て、母に一目ぼれをして——家を出て一座について来ちゃったんですよ」

文弥は父から勉強を教えてもらい、母からは彼女が習得していた奇術や舞いを習った。

その二人も、すでにない。母親は十歳の時に、父親は十七歳の時にそれぞれ病で逝った。

「文弥はお父様に似てるの?　それともお母様に似てる?」

「全体を見ると、母に似てると思います。でも、鼻と耳は父に似ているので、混ざってますね」

文弥がそう言って笑った時、玄関ホールで慌ただしく人が出入りする気配がした。

「なんだろ……？」

マックスは文弥と手をつないだまま、大階段の方へと歩いて行く。そして、踊り場に出た時、

「ヴィンセント様はただ今外出中で……」

というマーロウの声がした。しかし、それをかき消すように女性の声が続いた。

「ヴィンセントに会いに来たわけではないわ！　今日はこの家の今後のことについて相談に来たの、マクシミリアンがいれば十分だわ」

「もうすぐお兄様がお亡くなりになって一年になるのですもの。そろそろ、伯爵家の後見人についても正式に話をしなくては。もちろん、マクシミリアンが大人になるまで、誰がその財産を管理するのかも含めてね」

その声だけで、マックスは誰が来たのか悟ったのだろう。文弥とつないだ手に力が入った。

文弥が手摺りから少し顔を出して玄関ホールを見下ろすと、ドレス姿の年配の女性が二

人、女性と似た年齢の紳士が二人と、彼らよりもっと年上の人物が一人いた。

高齢の紳士は別として、後の四人は何か息巻いている様子なのが分かる。

マックスの様子と、マーロウの対応の仕方から、招かれざる客に類する人たちだということは分かった。

「マクシミリアンはどこなの？　呼んで頂戴！」

「ヴィンセント様がご不在の今、込み入った話をなさってもマクシミリアン様にはご理解が難しいでしょう。どうか日を改めて……」

「日を改めろ、ですって？　わざわざ訪れた客にお茶も出さずに追い返すのが、この家のやり方に変わったというわけね？　お兄様がいらした時にはなかった習慣だわ。後見役のヴィンセントがそう決めたのかしら？」

金切り声のご婦人の言葉に、マーロウは差し出たことを申し上げました、と頭を下げる。

「まぁまぁ。なんの使いも寄越さずに訪れては、マーロウも戸惑うだろう。だが、久しぶりに実家に戻った娘たちが、よそ者のように扱われるのも寂しい話だ。少し、腰を落ち着けさせてもらえんか」

そう言ったのは、少し離れた場所にいた老紳士だった。

「行き届かず、申し訳ございません。どうぞ、奥へ」

マーロウがそう言って全員を客間へと通そうとした時、懐かしむように玄関ホールを見渡した老紳士が、踊り場にいるマックスを見つけた。

「おお、マクシミリアン、そこにいたのか」

優しい笑みを浮かべ、ゆっくりと階段を上ってくる。だが、マックスがいるのに気づいた二人の婦人がドレスの裾をつまみ上げて、老紳士を追い越して階段を上って来た。

「まぁ、マクシミリアン！　しばらく見ない間に大きくなって……」

近づいて来る婦人に、マックスはあからさまに脅え、文弥の背後に隠れる。

「マックス様？」

マックスの様子がいつもと違うのに気づき、文弥は様子をうかがうように声をかけたが、文弥の着物の陰に隠れ、出て来ようとしなかった。

「マクシミリアン、どうしたの、私よ？　忘れてしまったわけではないでしょう？　あなたのお父様の妹の……」

「メアリー様、ヘレン様、ホールではごゆっくりお話もおできにならないでしょうから、どうぞ客間へ」

遮るようにマーロウが言う。それに二人の婦人は気分を害した様子を見せながらも、マックスを連れて行こうと手を差し出す。

「そうさせていただくわ。行きましょう、マクシミリアン」

しかし、マックスは文弥の後ろから出て来ようとしないばかりか、文弥の着物をぎゅっと掴んで離そうとしなかった。

「マクシミリアンは相変わらず人見知りじゃな」

老紳士が笑う。

「ええ、本当に。ヴィンセントは相変わらず甘やかしているようね！」

二人の婦人は憎々しげに言いながらも、マックスを一緒に連れて行くのはあきらめた様子で先に階段を下り始めた。

「そこの御仁、マクシミリアンを連れて来てくれんかね」

階段の途中で上ることをあきらめた老紳士が文弥に声をかける。だが、マックスの様子がいつもとまったく違うので、文弥はマーロウの指示を仰ごうと彼を見た。

マーロウはただ黙って頷き、文弥はマックスを心配しながらもそれに従った。

「マックス様、とりあえず行きましょう」

優しく声をかけるが、マックスは頭を横に振って拒絶する。

「一人で行くの、嫌だ」

「僕が一緒に行きますから。ね？」

その言葉にマックスは答えなかった。拒否しないということは、納得したのだろうと受け止めて、文弥はマックスの手を引いて階段を下りる。

マックスはのろのろと、明らかに気の進まない様子ながら文弥に手を引かれるまま階段を下りた。

二人が階段を下り切る頃には、老紳士もすでに客間へと移動した後で、ホールには文弥とマックス、そしてマーロウの三人だけとなっていた。

「これから、どうすれば?」

文弥の言葉に、マーロウは悩む様子を見せながらも言った。

「皆様がお待ちになっている客間へ、おいでになって下さい」

「マックス様のご様子が、あまりよくありませんが……」

「少し顔を出していただければ、それで結構です」

「分かりました。……あの、今、いらっしゃっていた方々は?」

マックスの叔母と名乗っていたから、親戚であることは間違いないのだろうと思うが、ちゃんと確認しておきたかった。

「お亡くなりになった旦那様の、お二人の妹様方と、その夫君です。デール子爵とメイソン男爵、一番年上でいらっしゃるのは旦那様の叔父上にあたられるベイカー子爵です」

マックスの父親の結婚を反対したというのも彼らなのだろう。

「分かりました。……マックス様、ご挨拶にだけは伺った方がよさそうです」

マックスが行きたがっていないのはよく分かる。

もしこれが日本で、マックスがただの子供であるなら、文弥は行かせないだろう。

だが、ここはイギリスでマックスはただの子供というわけではない。貴族の——正式に爵位を継いでいるのかどうかまでは分からないが、伯爵なのだ。

上流階級のしきたりというものがあるのだとすれば、それに従わなくてはならないだろう。そのしきたりを知っているのはマーロウだ。

「文弥も一緒に行ってくれる？」

不安に揺れるまなざしで、マックスは聞いた。

「ええ、一緒に行きますよ」

文弥の返事にマックスは一瞬、安心したような顔を見せると、ぎゅっと強く文弥の手を握る。文弥はマックスを連れ、親戚たちが待つ客間に完全に部外者ながら同行することになった。

客間に向かうとドアの手前から、先程の二人の婦人の声が聞こえて来た。

何をしゃべっているのかまでは分からないが、声の勢いからして、あまりいい内容の話をしている感じではない。

マックスはさらに強く文弥の手を掴んだ。

「大丈夫ですよ。一緒にいます」

文弥がそう声をかけると、マーロウが客間の扉を開けた。

その途端、おしゃべりが一度止み、長椅子に腰を下ろしていた全員の視線が一度にマックスへと集中した。

「マクシミリアン、やっと来てくれたのね。さぁ、こちらへいらっしゃい」

猫撫で声で、片方の婦人が言う。だが、マックスは動こうとせず、俯いた。

「どうしたの、マクシミリアン。今日はあなたと話がしたくて来たのよ？　そんな遠くに離れていたんじゃ、お話できないわ」

優しい声を出してはいるが、玄関ホールでマーロウにぶつけていた金切り声がまだ耳に残る状態では、まったく意味はなかった。

「失礼ながら、お話とおっしゃいますがマクシミリアン様にはまだご理解されるのが難しい内容かと思います。そのために、ヴィンセント様がマクシミリアン様の名代として――」

「お兄様が亡くなられた混乱に乗じて、勝手に名代になっただけでしょう？　あの時はマクシミリアンの落ち込みようが普通ではなかったから、一年待ったわ。でも、もうそろそろはっきりとしなくてはと思って来たのよ。必要なのはマクシミリアンの意志で、伯爵家の血を引かないヴィンセントには関係ないのではなくて？」

「ええ、そうね。なんと言ってもこの家の当主はマクシミリアンなんですもの。ヴィンセントは確かに兄かもしれないけれど、伯爵家の問題にかかわっていい人間ではないわ」

二人が代わる代わる口を開く中、マックスはすっかり怯え切った様子で、身動きひとつできる状態ではなかった。

つないだ手が濡れるくらいじっとりと汗をかいているのに、緊張しているのか、どんどん冷たくなっている。

「だいたいヴィンセントは――」

さらに二人が言い募ろうとした時、

「やめてください！」

文弥は咄嗟に言葉を遮った。その声に、全員の視線が今まで完全に存在を無視していた文弥へと向かう。

「なんだね、君は」

そう言ったのは、どちらかの婦人の夫のようだ。

「こちらのお屋敷にご厄介になっている者です」

「見たところ東洋人のようね。変わった服を着て……伯爵家に滞在するなら滞在するで、それなりの身なりというものがあるのではなくて？　これだから野蛮な東洋人は」

「我が国の方でもないのだから、身内の話に口を挟まないで下さらない？」

不快だとはっきりと顔に出す彼らに、文弥は怯むことなく言った。

「その野蛮な東洋人にさえ、今のマックス様が話をするどころではないことくらい分かります。他人にさえ分かることが、どうしてご親戚でいらっしゃるあなた方に分からないんですか？　自分の都合やエゴを子供に押し付けるのが、この国の上流階級の方々のなさりようというわけですか？」

「なんですって！」

いきり立って婦人が立ち上がった瞬間、客間の扉が開いた。

「これはこれは、皆様方おそろいで。先にいらっしゃるとおっしゃっていただければ、出掛けずにおりましたものを」

不敵な笑みを浮かべたヴィンセントがゆっくりと入って来る。

「それとも、私がいては不都合でしたか？　だからわざわざ私の不在を狙っていらした、とか？」

ヴィンセントのその言葉に、事情をよく呑み込めていなかったのか、老紳士が四人を見る。

「そうなのか？」

「い、いいえ！　たまたまですわ。このシーズンですもの、ヴィンセントが不在かもしれないとは思いましたけれど……」

取り繕う言葉にヴィンセントは冷笑を浮かべ、それからゆっくりと文弥へ視線を向けた。

「マックスの顔色が悪い。部屋へ連れて戻ってくれ」

「分かりました」

文弥はそう言うと、腰を折りマックスの目の高さに自分の視線を合わせた。

「マックス様、お部屋に戻りましょう」

その言葉に、マックスはこくんと頷いて、甘えるように抱き着いて来る。文弥はその体をよいしょ、と抱き上げて客間を後にした。

マックスは部屋に戻っても、文弥から離れようとしなかった。

文弥も無理に引き離そうとはせず、落ち着くまでの間、ずっとベッドの上に腰を下ろしてただ抱き締めていた。

一時間ほどした頃、部屋のドアがノックされ、ヴィンセントが姿を現した。

「ヴィンセント様……」

「みんな帰ったから、安心していい。……お茶の準備をさせるが、来るか?」

その言葉に、マックスは黙って頭を横に振った。

まだ部屋から出るのは怖いのだろう。文弥に抱き着くマックスの手にまた力が入った。

「大丈夫ですよ、マックス様。ヴィンセント様は嘘はおっしゃらないでしょう? あの怖い人たちは、ヴィンセント様が追い出して下さいましたよ」

もともと、マックスの中には彼らに対する恐怖が植え付けられていたのだろう。だからこそ、顔を見ただけでもあんなに怯えたのだ。

——可哀想に……。

「では、お茶は部屋に運ばせよう。おまえの好きなものを作るように言っておいたから
……。文弥、話がある、来てくれ」

ヴィンセントが言うのに文弥は戸惑った。マックスを置いて行くことが不安だったのだ。

「マックス様、大丈夫ですわ。文弥様はご用事がお済みになれば、戻っていらっしゃいますから」

子守のメイドが優しく言うと、マックスは文弥をじっと見た。

「本当に、戻って来る?」

「ええ。お茶には間に合わないかもしれませんが。行っても、かまいませんか？」

許可を求めると、マックスは頷いた。

「ありがとうございます。では、また後で」

文弥はマックスを抱いていた腕を解いて頭を撫でる。それにマックスもぎゅっと掴んでいた手を離した。

マックスの部屋を出て、ヴィンセントと共に向かったのは書斎だった。

書斎の長椅子に座るよう文弥に促し、その向かいに腰を下ろしてからヴィンセントは言った。

「マーロウから、彼らが君に失礼なことを言ったと聞いた。すまない」

思いもしなかった謝罪の言葉に、文弥は慌てた。

「ヴィンセント様がお謝りになることじゃ……。それに、僕もかなり失礼なことを皆様に言いました」

「それも、マーロウから聞いた。事実を言い当てることが失礼になるというのなら、それは彼らの責任だろう。私としては、胸がすいたがな」

そこまで言ってヴィンセントは小さく息を吐く。

「マックスの様子は、随分と酷そうか？」

「少し、落ち着かれたとは思いますけれど……以前にもこのようなことが？」

「なぜ、そう思う」

「マックス様の怯え方は、普通じゃありません。以前にもご親戚の方と酷い諍いか何かがあって、それを目の当たりにして怖い思いをされたのではないかと思います。その時の思いが蘇って、過剰に反応されたようで……」

文弥の言葉に、ヴィンセントは少し考えてから口を開いた。

「マックスの父が亡くなった時にな。急な死で、みんなが慌てていた。遺言も何もなかったため、幼いマックスの後見についても、無論、明確な遺志はなかった。ただ、私が同じ家に住み、マックスが一番懐いていることもあって、後見役となることで合意をしたんだが、合意するまでに随分ともめた。マックスにはできるだけそういう場面は見せないようにしたんだが……」

「そうなんですか」

「伯爵がお亡くなりになって、来月で一年だ。そろそろ、何か動きがあるかもしれないと、もし私の不在時に彼らが来たらすぐに連絡をするように家の者たちには言い渡してあった。今日はたまたま近くにいたので早くに戻って来られたが……。君がいて助かった。マーロウは二人の叔母上がご結婚なさる前からこの家に仕えていることもあって、あまり強くも出られないのでな」

「ですが、やはり言いすぎたと思います」

この国での身分の差というものがどれほどのものか、文弥にはまったく分からない。だからこそ、あんな風に強いことが言えたのだが、マックスのことが心配だったとはいえ、失礼だったと思う。

「あの親戚たちがどういう態度だったかは、その場に居合わせずとも予想できる。言いすぎるくらいでも堪えない連中だ。気にしなくていい」

ヴィンセントはそう言ってから、ため息をついた。

「それより、マックスのことが心配だ。このところ様子も落ち着いて、特に君が来てからは表情も明るくなっていたというのに……。しばらく時間を多く割いて、あれのそばにいてやってくれ」

「分かりました。……でも、差し出がましいようですが、僕よりもヴィンセント様がおそばについて差し上げる方が、マックス様はお喜びになると思います」

「文弥？」

「マックス様は、ヴィンセント様ともっと長く一緒にいたいと思っていらっしゃいます。社交界のご用事も大切なものだと思いますが、少しだけ減らしてマックス様とお過ごしになる時間を増やして差し上げる、というのはできないのでしょうか？」

文弥の言葉に、ヴィンセントは難しい顔を見せる。

「君の言い分も分かる。マーロウにも同じことを言われているからな。だが、そうにもいかない。私が社交界に出るのはマックスの将来を思えばこそのことだ。社交界というのは、人が密接につながってできている世界だ。マックスが社交界に出られる年齢になるまで顔つなぎをしておく必要がある」

「ヴィンセント様のおっしゃることはよく分かります。でも、マックス様のことだけではなく……ヴィンセント様のお体のことも心配です。昨夜も遅くまでお仕事をなさっていらっしゃったし、今も、とても疲れたような顔をしていらっしゃいます」

自身の体調を気遣う文弥の言葉に、ヴィンセントは驚いた顔をした。

何かおかしいことを言ってしまったのだろうかと不安になった文弥が口を開くより先に、ヴィンセントは言った。

「確かに、疲れてはいるな。それに、一度家に戻ってしまうと再び出掛けるのも億劫だ」

「じゃあ……」

「おまえの忠告を聞き入れて、今日はこのまま家にいることにしよう」

その言葉に、文弥はほっとした顔で笑みを浮かべる。

「よかった……。あ、もしお嫌でなければ、肩を揉ませていただきます」

文弥はそう言うと長椅子から立ち上がり、ヴィンセントの後ろへと回った。そして、肩にそっと両手を置いて軽く揉んでみた。

「硬い……。お疲れがたまってらっしゃいますね」

「あまり自覚はないがな」

「自覚なさって下さい。急に強くすると、逆に痛めちゃうから軽くしますね」

文弥は慣れた様子で肩を揉んでいく。最初は何をするつもりかという戸惑いから体全体に力が入っていたヴィンセントだが、少しずつ不必要な力が抜けていった。

「弱すぎたり、強すぎたりしませんか？」

「ああ。ちょうどいい」

肩だけでなく首筋もゆっくりと揉みほぐしていく。ちゃんと習ったわけではないのだが、幼い頃から座員の肩を叩いたり揉んだりしているうちに、すっかりこつを覚えてしまったのだ。

昔は、自分ばかりがその役を言い付けられるのが嫌なこともあったが、時折気持ちよさげに息を吐くヴィンセントの様子を見ると、自分が役立てるのだと思えて嬉しい文弥だった。

5

夕食は、久しぶりに三人で食べた。

あれからずっとヴィンセントは家にいて、マックスの部屋で文弥も交えて三人でカードゲームをしたり、本を読み聞かせたりした。

そのおかげか、マックスの不安はかなり早くに解消されたようで、夕食の席では随分とご機嫌だった。

そんなマックスの様子には、ヴィンセントや文弥だけではなく、マーロウや他のフットマン、メイドたちまで安心した。

食事の後、居間の暖炉の前で日本の話をしたりして過ごした後、マックスは眠る時間だと促され、もの足りなさそうな顔をしながらも部屋へ引き上げていった。

「あの分だと、あまり心配しなくて済みそうだな」

安堵した様子でヴィンセントが言う。

「ヴィンセント様が、ずっとおそばにいらっしゃったから、安心されたんだと思います」

文弥はそっと返した。

マックスは自分といても楽しそうだが、やはりヴィンセントと一緒だと安心しきっているのがよく分かる。

「その言葉には『だから少しでも長くマックスと一緒に』と続くのか？」

「そうしていただければ、マックス様のためにはいいと思いますけれど、社交界がとても大事だということも、先程うかがって分かりましたから……」

どうするのが一番いいのかは、文弥には分からない。多分、ヴィンセントもマックスのことはいつも気にしている様子なので、時間を取ることができるのならそばにいてやりたいと思ってはいるのだろう。

「文弥、君は……」

ヴィンセントが何か言いかけた時、扉を叩く音がした。入れ、とヴィンセントが許可を与えると、姿を見せたのはマーロウだった。

「ヴィンセント様、クーパー様がお見えになりました」

「ロバートが？　……分かった、通せ」

ヴィンセントの返事に、マーロウはすぐに下がり客を呼びに行った。

「お客様でしたら、僕は部屋へ下がらせていただいた方が……」

文弥はそう言ったのだが、ヴィンセントは頭を横に振った。

「廊下で鉢合わせさせるなら、ちゃんと紹介した方が面倒がない」

その言葉どおり、文弥がドアを出たら鉢合わせしたに違いないタイミングで、客は居間に姿を見せた。

「やあ、ヴィンセント。血相を変えて帰ったからどうしたかと思ったんだが……」

優しい栗色の髪と鳶色の瞳をした男は、そこまで言って不意に文弥を見た。そして、驚いた顔をして文弥へと歩み寄った。

「ああ！　君だったのか……！」

間近まで来た男は文弥の手を取り、嬉しそうに上下に振る。

「日本から来た劇団で、奇術を披露していた子だろう？」

「え、ええ」

「やっぱり！　なんてことだ、また会えるなんて思ってもいなかったよ！　君の奇術はとても素晴らしかった」

「ありがとうございます……」

公演を見に来てくれたことは分かったのだが、男の勢いに文弥は戸惑うばかりでちゃんと礼を言うこともできない。

「ロバート、自己紹介もせずにどういうつもりだ？」

静かな声でヴィンセントが窘めると、男はため息をついた。

「君に会えてすっかり興奮してしまったな。初めまして、ロバート・ジェフリー・クーパー、子爵家のしがない次男です」

「初めまして、九条文弥と申します」

文弥が名乗るのを見届けてから、ヴィンセントが口を開いた。

「それで、ロバート。何が『君だった』んだ？」

「え？」

「さっき、文弥を見るなり『君だったのか』と言っただろう？　事前に、何か彼についての噂を聞いていたからじゃないのか？」

ヴィンセントの言葉にロバートは頷いた。

「ああ、そうそう。おまえが、昼間血相を変えて帰ったから、きっと家で何か重大事件が起きたんだろうとは思っていたんだ。そうしたら、今夜のヒューズ男爵家の晩餐会でデール子爵夫人が『失礼な東洋人が伯爵家に入り込んでいますのよ！　私たちをそれはもう聞くに耐えない言葉で罵りましたの！　それをあの家の者は誰も咎めませんのよ。まったくあの家はお兄様がいなくなってからどんどん変わってしまうわ』ってね。このたおやかな花のような彼が、一体どんな『聞くに耐えない』ことを言ったのか、気になるね」

夫人の声音をまねてロバートは面白そうに話す。

「先に彼に無礼な言葉を叩き付けたのはあちらだ。それに、彼は失礼なことは何一つ言っていない。事実を彼らにつき付けたまでだ」

「やはりそうか。彼女の言葉が過ぎることがあるのはみんな知っているから、話半分に聞いていただろうが」

ロバートはそう言い、再び視線を文弥に向ける。

「しかし、君にまた会えるとは思ってもいなかったよ。劇団員は無事に帰国して、一人入院していた団員も気が付いたら退院していて、その後の行方が分からなかったからね」

「ヴィンセント様の計らいでみんなは帰国できたんですが、僕は退院をしてもすぐ船旅ができるほどではありませんでしたから、体調が整うまでこちらで静養をとおっしゃって下さったので、お言葉に甘えさせていただいているんです」

「それで、ヴィンセントは美しい花を独り占めして悦に入っていたというわけか」

ロバートのその言葉に、ヴィンセントは息を吐いた。

「彼は病気だったんだぞ。おまえのように騒がしい者を病気の時に近づけられるはずがないだろう」

「そう、病気の時には。でも、今はもう元気そうだ」

「こちらで、よくしていただいているおかげです」

文弥の返事に、ロバートは大きなため息をつく。

「ああ、思ったとおりの人だ。思慮深く控えめで、優しい。だからあの繊細な奇術を行えるんだろうな」

「ありがとうございます」

褒めてもらえるのは嬉しかったが、過分に評価されている気がして恥ずかしくて仕方がなかった。

「ヴィンセント、理由はどうあれ独り占めはよくないぞ。彼の体も随分といいようだし、今度ぜひ我が家のサロンにお招きしたいな。あの美しい奇術をまた見せてもらいたいんだが、どうだろう?」

思いがけない招待に、文弥はどうしていいか分からずヴィンセントを見た。

ヴィンセントは苦い顔をしていて、文弥は断った方がいいんだろうと、口を開きかける。

だが、それより先にヴィンセントが言った。

「文弥には、マックスの相手をしてもらっている。おまえは一日くらいと思うかもしれないが、おまえの招待を受ければ、他の客の招きも受けなければならなくなる。そうなったら、その間中マックスは一人だ」

「相変わらず弟思いのお兄様だな」

ロバートは感心と呆れが入り交じったような口調で言った後、何かを思い付いた様子で提案した。

「ああ、そうだ、おまえが主催して、この家に人を呼べばいい。そうすればあの幻想的な奇術をみんながまた見られるし、マックスと同じような年の子がいる家に声をかけてその子を連れて来てもらえばマックスの友達も増えるし、何よりちょっとした社交界デビューになるじゃないか」

いい案のように思えたのだが、

「文弥はプロだぞ。アマチュアリズムを重んじる場にはそぐわないと思うが」

ヴィンセントは難色を示し、ロバートは失念していた、と言うように嘆息した。

「あの……プロの演目というのは、あまりよくないのですか？」

何がどういけないのか分からず、文弥は不安げな顔で聞いた。それに、慌ててロバートが説明をする。

「君がどうこうっていうことじゃないんだよ。人を招いて個人で演奏会や芝居を催す時は、伴奏以外にプロを、というのはあまりないことなんだ。窮屈な決まりだな、まったく。……ヴィンセント、私たちは長い付き合いのいい友人だよな？　私だけ特別に彼の奇術を見せてもらうわけにはいかないか？」

「見たおまえが、それを自慢しないわけがないだろう。おまえから自慢された者がまた我が家に来て、同じような言葉を繰り返すことになるのは目に見えている」

ヴィンセントは取り合う気はなさそうだった。その中、文弥は控えめに口を開いた。

「……あの、プロの演目がメインでなければいいのなら、マックス様のお手玉を皆様に見ていただくというのはどうでしょうか？　マックス様の演目の後、僕の奇術をおまけするという感じで」

「マックスのオテダマ？　なんだ、それは」

聞き慣れない単語にヴィンセントは眉を寄せた。

「こちらで言う、ジャグリングのような遊びです。以前お教えして……今は三つの玉を操ることがおできになります」

文弥のその言葉にロバートが食い付いた。

「いいじゃないか！　マックスのジャグリングをみんなに見てもらえばいい。その後で彼の奇術をおまけして……。これで何も問題はないだろう？　これ以上何かあるというなら、それはおまえの独占欲だと見なすぞ」

「私に異存はない。ただ、マックスが人前に出ることを嫌がらなければの話だ」

そう言ったヴィンセントは無表情だったが、文弥には怒っているようにも見えた。

実際、怒っているのかもしれない。

文弥に対して、これまでそんなそぶりがなかったからすっかり忘れていたが、マックスは人見知りする性格らしいのだ。

それなのに、人前でお手玉を、などと言ってしまったのだから、誰よりマックスのことを心配しているヴィンセントにとっては好ましくない言葉だっただろう。

謝った方がいいのかもしれないと思ったが、ロバートは悪びれもせずに笑って言った。

「もちろん、マックスが嫌だと言えばその時は素直にあきらめてるさ。あきらめて、私だけでも彼の奇術を見せてもらえるようにおまえに頼むことにする」

それに、ヴィンセントは苦笑を浮かべた。

「おまえほどあきらめの悪い男には会ったことがないな」

ヴィンセントはあまり怒ってはいない様子で、文弥は少しほっとする。

その後、しばらくの間だけ文弥は同席していたが、マーロウがワインを運んで来たので、それをタイミングに部屋を辞した。

——今日、あんなことがあったばかりだったのに、軽率だったな。

眠るまでずっと、文弥は不用意にマックスにお手玉を披露させてはどうかなどと言ってしまったことを反省していた。

そして、ヴィンセントに嫌われたかもしれないと考えて、どうしてそんなことを気にしているのか自分でも分からなくて、悩んだのだった。


翌日、お手玉を人前で披露するという件を打診されたマックスは、驚くほどあっさりと承諾した。

それどころか、かなりやる気で、自ら特訓を申し出たくらいだ。

こうして、久しぶりに伯爵家に人を呼んでもてなすことが決まり、その日に向けて家中が活気づいたような感じがした。

もちろん、使用人たちは毎日元気よく働いているのだが、人を招くとなるとそこに緊張感が生まれ、よりきびきびと働いているように見える。

そんな中、文弥にも思ってもみなかった命令が出た。

それは午後のことだ。

ヴィンセントに呼ばれて仕立て屋が来た。ヴィンセントかマックス、もしくは二人ともが服を仕立ててもらうのだろうと思っていたのだが、それは違っていた。

二人とも仕立ててはもらったが、仕立て屋を呼んだ目的は文弥のためだった。

「今着ているものも、舞台で着ていた衣装も異国情緒があるが、今度の会には多少うるさい方もいらっしゃるから、正装をしてもらう」

ヴィンセントはそう言った。

伯爵家の演者として出る以上は、それに相応しい格好をということなのだと理解して、文弥はおとなしく採寸を受けた。

というか、何も分からない文弥には採寸を受けるくらいしかできることはなかった。

生地などについてはまったく分からないので、すべてヴィンセントと仕立て屋が決めてくれた。

「できる限り急いで仕立ててくれ。いつ頃に仕上がる?」

「型を一から作らねばなりませんから……最低でも二週間いただけますか」

「分かった。では二週間後に。直しがはいった場合、どの程度で仕上がる?」

「直す箇所や数によっても変わりますが、三日ほどあれば」

日数を聞いてヴィンセントは少し計算するような間を置いてから、控えていたマーロウに言った。

「マーロウ、三週間後の予定で招待状の準備を」

「かしこまりました。今回はマックス様と同年代のお子様のいらっしゃる皆様を中心にお呼びするということでよろしいですか？」

「ああ」

「では、早速とりかかります」

マーロウは恭しく頭を下げて部屋を後にし、仕立て屋もそれに続いた。

部屋にはヴィンセントと二人になり、文弥は恐る恐る気になっていたことを聞いてみた。

「あの、ヴィンセント様」

「なんだ」

「今日の、この服の代金なのですが、そちらもヴィンセント様からお借りしたということでいいのでしょうか？」

洋装一式がどれくらいするのかは分からないが、かなりの値段になることは違いない。

ただでさえ返済しきれない額の借金をしている上に、さらに借りるというのはヴィンセントに申し訳なかった。

だが、文弥の言葉にヴィンセントはムッとした顔をした。

「おまえが必要としたから作るのではなくこちらの要望で作るのだから、費用については気にしなくていい。むしろ、おまえに奇術を披露してもらうための出演料を支払わねばならないと思っているが」

「出演料だなんて、そんな！　お世話になっていますから、少しでもお役に立てれば僕はそれで」

文弥はそう言ったが、ヴィンセントは怒ったような顔のままだった。

お金のことを自分から聞いたのがいけなかったのだろうかと、文弥は謝ろうとしたが、それより先にヴィンセントが口を開く。

「これから出掛ける。マックスが人前で恥をかかずに済むよう、練習を見てやってくれ」

そう言い、ヴィンセントは扉へと向かって行く。

「分かりました。お気をつけて」

文弥には、ただそう言って見送るしかできなかった。

その夜、ヴィンセントが戻ったのは、文弥とマックスが食後の一時を過ごしている時だった。

ヴィンセントは出掛けると、マックスが寝る前までに帰って来られないことが多いので、マックスはとても喜んだ。眠るために部屋へ引き上げるまで、昼間に文弥と練習したお手玉を披露した。

ヴィンセントもその様子を笑みを薄く浮かべながら見つめていたが、マックスが部屋を後にするとその顔から笑みが消える。

そして、感情の見えない――しかし、怒っているようにも見える顔で、文弥に一緒に部屋へ来るようにと言い渡した。

ヴィンセントが早い時間に戻った時から、もしかしたらと覚悟はしていたが、実際に呼び出されると、やはり恥ずかしくて落ち着かなくなる。

――大丈夫、この前は初めてだったから、分からないことだらけでどうしようもなくなっちゃったけど、今日はもう分かってるし……。

自分を落ち着かせるために、文弥は胸のうちで何度も大丈夫と繰り返し、ヴィンセントと共に部屋へと向かった。


「ああっ、あ、あ……」

室内に文弥の甘い声と、ヌチュッという淫らな粘ついた音が響く。

文弥はベッドの上で四つに這い、後ろからヴィンセントに覆いかぶさるようにして犯されていた。

「んっ、あ、あ……っ」

体の中をかき乱す熱塊が、弱い部分を執拗なまでに突き上げて来る。その刺激を受けて、文弥自身は蜜をトロトロとシーツの上へと垂れ流していた。

今夜のヴィンセントは、この前とは違っていた。

一度情交を持ち、文弥がさほど戸惑うこともないと思ったのか、かなり強引だった。痛みを感じるようなことは一切されていないのだが、この前は確かにあった労りのようなものがまったく感じられないのだ。

後ろも、前のように文弥が放ったもので、というわけではなく、詳しいことは分からないが、何かそういった用途に使えるらしいものを用意してくれていて、それでちゃんと慣らしてくれた。

けれど、それは面倒を省くためなのかと、思えなくもない。

そんな風に文弥が他のことに気をとられたのを感じ取ったかのように、ヴィンセントは浅い場所で抜き差しを繰り返していた自身を一気に奥まで進めた。

「ああ……っ」

乱暴に思える侵入だが、文弥の唇から漏れたのはあからさまな嬌声だった。しかも、今の強い侵入に、文弥自身からは達してしまったのかと思うような白濁がボタボタと零れ落ちる。

「一度の交わりで、随分といやらしい体になったものだな。私をこんなにおいしそうに銜え込んで……」

背中から、耳に唇を押し当ててヴィンセントが囁く。その言葉にさえ感じてしまい、文弥はガクリと肘を折った。

ヴィンセントは崩れ落ちた文弥の背中を見下ろし、己を受け入れていっぱいに広がっている蕾の縁を指先でなぞる。

「やぅ…っ…あ、あ」

触れられた瞬間、背筋をゾクッと寒気にも似た感覚が走り、文弥は体を震わせた。

「ヒクついてるぞ」

「ぁ……」

「また、中をキツくして。言葉だけでも感じるのか」

嘲笑を含んだ声に、文弥は恥ずかしくて涙が出そうになる。だが、ヴィンセントが緩やかな抜き差しを始めると、羞恥も涙も、悦楽にすべて上書きされた。

「ああっ、あ……、そこ…、あ、ああっ」

浅い場所で遊んでいたかと思えば、深い場所を捏ね回すような動きで犯され、文弥は翻弄されるしかない。

その文弥の様子に薄い笑みを浮かべ、ヴィンセントは文弥自身へと手を伸ばした。

「や……っ、だめ、だめ……っ…達く……」

体の中をかき回すように腰を使いながら、自身へも愛撫を与えられては、すでに限界近くにいた文弥がこらえ切れるはずがなかった。

「いや……っ…あ、あ、ああああっ」

先端を強く指で擦られた上に、弱い部分を抉るように突き上げられて、文弥は自身を弾けさせた。

「ん……あ、あ、あ……」

蜜を絞り取るように、達している間もヴィンセントが文弥自身を上下に扱く。それは文弥にとって、苦痛交じりの悦楽だった。

その上、ヴィンセントは絶頂に悶えて締まる肉襞を、まるで弄ぶように腰を使うのだ。

文弥はずっと熱を煽られ続けた状態になり、頂点間際から下ることを許されなかった。

「あぁ……あ、あ、あ……」

感じすぎて、息をするごとに喘ぎが上がってしまう。

蜜を絞り取られた自身は、そのまま新たな熱を孕まされてしまっていた。

「だめ……もう、だめ……」

音にならない声で文弥が訴えた時、ヴィンセントは一際強く文弥の中を穿ち、そして最奥で熱を放った。

「あ……、あ、あ……」

淫らな蠕動を繰り返す肉襞が淫らな熱に浸される。ヴィンセントは精液を撒き散らしながら、さらに腰を使った。

「や……ぅ…あ、あ、あ」

出しながら動き回る熱塊の感触に、文弥の体がまた小さな絶頂を迎えて揺れる。

その文弥の腰を抱え直し、ヴィンセントは硬度を残したままの自身でぬかるむ文弥の中をかき回した。

「……っ…」

もはや声も出せず、文弥はしゃくり上げるように息を継ぐ。

「これくらいで音を上げられては困るんだがな」

ヴィンセントのその言葉は、霞んで行く文弥の意識をギリギリのところでつなぎとめた。

「もう…しわけ……、ありま……ぁ、あ、あ……っ」

文弥の謝罪を遮るように新たに始められた侵略は、これまでよりもさらに激しいものだった。

「ぁう……っ…あ、あ」

蕩けた肉襞が、つらいほどの蹂躙を受ける。先に体の中で放たれていた精液が激しい抽挿に白く泡立ち、内股を伝い落ちて行く感触さえ、文弥を官能の縁へと追いやるのだ。

「あ……ぁ、あ、あ！」

次々に襲いかかる悦楽に、文弥は自身からとめどなく蜜を零し続ける。もはや、どこが絶頂なのか分からないほど、体中が肉悦に浸されていた。

「あぁ……あ、あ、あ……だめ……そんなの、もう……あ、あっ」

濡れ切った、音にさえならない声で絶叫しながら身悶える様子に、文弥の限界を見て取ったヴィンセントは、よりいっそう淫らな蹂躙で追い詰めた。

そして、限界間近の痙攣を繰り返す文弥の中へ、今宵二度目の熱を放つ。

「ぁ――……」

絶息するようなあえかな吐息を最後に、文弥の体が力を失った。だが、ヴィンセントを食む後ろは、文弥が意識をなくした後もヴィンセントに絡み付き、悦楽の残滓を貪る。

文弥自身からも、トロトロと蜜が溢れ続けていた。

ヴィンセントはすべてを文弥の中へ注ぎ込んでから、ゆっくりと体を離す。ヴィンセントとのつながりだけで掲げられていた腰は、交わりが解けるのと同時に崩れ落ちた。

ヴィンセントは不自然な形で横たわる文弥の体を、楽な体勢へと整える。完全に意識を失った文弥の顔は、疲れ切った様子がまざまざと見て取れた。

「文弥……」

囁くように名前を呼んだ声は甘い響きに満ちていたが、文弥に聞こえるべくもない。

聞こえないと知っているからこそ、囁いたのかもしれなかったが。

◇◆◇

空中に舞ったお手玉が、マックスの手から零れて床にポトリと落ちる。

「もう、どうして左手はうまくできないんだろ」

唇を尖らせながら、マックスは落ちたお手玉を拾い上げた。

「難しいようなら、右手と左手をそれぞれ交互に行うだけにしてもいいと思いますよ」

文弥の言葉に、マックスは頭を横に振る。

「ううん、頑張って両手で一緒にできるようにする。もし、無理だったら当日あきらめる」

マックスは今、両方の手それぞれで二つずつのお手玉を操る技に挑戦していた。片手ずつならできるのだが、両手同時となると難しいのだ。

文弥も子供の頃は何度も何度も練習した。

久しぶりのエヴァット家での催しとあり、招待状を送った九割近い家から出席の返事がきて、マックスはとても頑張っている。

「ねぇ、文弥の方は？　準備はちゃんとできてる？」

「ええ」

「文弥の奇術ってどんななんだろう。とっても素敵だってお兄様はおっしゃってたけど……。ね、少しだけ見せて」

マックスはそうおねだりする。だが、文弥は頭を横に振った。

「明後日まで、辛抱なさって下さい。先に見てしまうと、つまらなくなりますからね」

「ちょっとだけ。明後日、つまらなくならないように、本当にちょっとだけでいいから」

マックスはそう言って食い下がる。それに文弥は笑いながら言った。

「では、マックス様が両手でうまく操れるようになったらお見せしますよ」

「じゃあ頑張る！」

よほど先に見たいのか、マックスは両手のお手玉でまた練習を始める。何度も失敗を繰り返した後、マックスは落ちたお手玉を拾い上げようとして、声を上げた。

「あ……」

「どうなさったんですか？」

文弥が見てみると、床の上に臙脂色の豆が何粒か転がっていた。

「どうしよう、壊しちゃった……」

泣き出しそうな顔でマックスは拾い上げたお手玉を差し出す。マックスの手の上にも同じ豆が零れ落ちていた。

差し出されたお手玉をつまみ上げ、文弥はふっと笑う。

「大丈夫ですよ、布の縫い目の糸が切れて中の小豆が出ただけです。すぐに直せますよ」

「本当に？」

「ええ。ちょっと待っていて下さいね。すぐに縫ってしまいますから」

文弥はお手玉をマックスの手に戻し、長椅子の脇に置いた行李を開けた。

「どこに入れたかな」

中の物を順番に取り出して机の上に置いて行くと、マックスは興味津々という様子でそれらを見ていた。

「あ、写真。見てもいい？」

取り出したものの中にあった写真の束を見て、マックスが問う。そこにあったのは公演の時に客に販売していたものだ。

手の中に収まってしまいそうなサイズの写真は舞台装束で写したもので、珍しさもあったのだろうとは思うが、予想以上の売れ行きで一座のみんなで喜んだものだった。

その中で一番売れたのは、文弥が女形姿で撮影したものだ。手妻を行う時の袴姿のものもあったのだが、女形姿の方が飛び抜けてよく売れた。

ただ単に『男の写真より女の写真の方がいい』というだけのことなのかもしれないが、文弥としては複雑だった。

——鑑賞の記念に買い求める客も多いからって、写真を売るように言ってくれたのもジョーンズさんだったな……。結局、その売り上げも全部持って逃げられちゃったんだけど……。

「見ちゃだめ?」

ジョーンズにお金を持ち逃げされた時の絶望的な思いが蘇りかけた文弥だが、マックスのその言葉に、気持ちを切り替えた。

「いいですよ。どうぞ」

文弥はマックスは手に乗せたお手玉と拾った小豆をそっと机の上に置き、写真の束を手に取った。

「文弥のお友達?」

「ええ、先に日本に帰った友達です」

話しながら行李の底の方で見つけた針と糸で、文弥はお手玉を繕い始める。

その中の一枚に、マックスは声を上げた。

「あ、この写真!」

「どれですか?」

見てみると、それは文弥の写真だった。ただし、女形姿の方の。

「ああ、僕ですよ、それ」

文弥がそう言うと、マックスは目を丸くした。

「文弥なの?」

「ええ。女形と言って、日本では男性が女性の姿で舞台に上がることは珍しくないんです」

そう説明したが、マックスが驚いたのはそれだけが理由ではなかった。

「お兄様も同じ写真を持ってらしたよ」

「え?」

「文弥がうちに来る前に、家庭教師の先生から逃げてお兄様の部屋に隠れた時に、机の引き出しに同じ写真が入ってて、凄く綺麗な人だなって思ったの」

マックスの言葉に文弥の心臓が急にドキドキと速く動き出した。

――ヴィンセント様が僕の写真を…？

「他のお写真もお持ちでしたか」

「ううん、その引き出しにはこの写真しかなかった。ね、文弥、この写真、一枚ちょうだい」

文弥が持っていた写真は、劇場で販売していた分の在庫の一部だ。

最終日の荷物を片付けていた時に、座員が幕間などで手売りしていた分の余りが後から出て来て、文弥が預かったのだ。そのせいで、何枚も同じ写真がある。マックスが欲しいと言った写真もそうだった。

「ええ、かまいませんよ」

「ありがとう！　あ、そうだ。文弥、今度一緒に写真撮りに行こうよ。文弥と一緒に写した写真、欲しいから」

そう言うマックスに、ええ今度、と返した時、マックスを探して家庭教師が文弥の部屋に姿を見せた。

「マクシミリアン様、お約束の一時間が過ぎましたよ」

「もう？　後もう少しだけ、ダメ？」

マックスは少し悲しそうな顔をして、お願いをしてみる。今日は、お手玉がどうしても気になって勉強が手につかなくなったので、途中で勉強を一時間だけ中断して文弥のところに練習に来ていたのだ。

「もう少し、ですか？」

天使のようなマックスのお願いに勝てないのは、誰しも似たようなものだ。家庭教師が折れかけるのを、文弥がやんわりと止める。

「マックス様、お手玉を繕い直すのに少し時間がかかってしまいますから、お勉強の続きをして来て下さい」

文弥の言葉に、マックスはお手玉のことを思い出したらしく、あ、というような顔をしてから、頷いた。

「うん、分かった。勉強終わったら、すぐに来るね」

そう言い、家庭教師と共に部屋を出て行く。

一人になった部屋で、文弥は小さく息を吐いた。

――お兄様も同じ写真を持ってらしたの――

マックスの言葉が、文弥の脳裏に蘇る。

他の座員の写真も持っていて、たまたまあの写真だけ別の引き出しに入っていたということかもしれない。

そう思うが、考え始めるとまた鼓動が速くなった。

――ヴィンセント様にとって、僕はどういう存在なんだろう……。

ここのところ――正確に言えば、仕立て屋が来たあの夜から、文弥はほぼ毎晩ヴィンセントの部屋に呼ばれている。

とても疲れているように見える時もあって、そんな時には「お疲れの様子だから早くお休みになった方がよくないですか」と言ってみるのだが、文弥の言葉が聞き入れられたことはない。

ヴィンセントがどういうつもりで、毎晩自分を抱くのかは分からないが、苛立ちをぶつけられているような気がするのは確かだ。

ヴィンセントの疲れている様子からすると、社交界というのは体力的にというよりも、精神的に疲れる場所のようだから、そこでの苛立ちを自分にぶつけているのかもしれないと思う。

「ヴィンセント様にはお世話になってるし……当然だとは思うけど…」

思うけれど、時々、つらくなる。

体が、ではなくて、心が。

少しでも自分を思ってくれているなら、つらくはないのに。

まるで自分だけがヴィンセントを……。

そこまで思って、文弥は苦笑する。

「馬鹿なこと、考えちゃだめだ」

借金のカタに体を、というのは納得ずくだった。それ以上を望めば、今以上につらくなる。

自分にできるのは、ヴィンセントに望まれるままにすることだけだ。

たとえ、つらいと思うことがあっても。

◇◆◇

その日、エヴァット家のホールは多くの人でいっぱいだった。

集まった人々の視線は、マックスに集中していた。彼の小さな手が、いくつものお手玉をまるで魔法のように操るたびに拍手が起こった。

ただ操るだけでは退屈なので、投げ上げる高さや速度を調節して観客を飽きさせないようにしたり、わざと落として受け損ねた「手」を叱りつけ、機嫌を損ねた「手」が暴走してあらぬ方向にお手玉を投げてしまったりする小芝居も入れた。

マックスの愛らしさも手伝って、招待客はみな微笑ましそうに見つめる。

そんなマックスの演目にヴィンセントがバイオリンで伴奏して動きをつけ、呼吸が合った様子は二人の仲のよさを周囲に印象づけた。

マックスのお手玉が終わった時には、決して礼儀としてのものではない拍手が沸き起こり、ホール中が温かな空気に包まれていた。

その拍手にマックスは気恥ずかしそうにしながら、ペコリと頭を下げて舞台を降りる。

それと入れ替わるように、文弥は舞台へ上がった。

見慣れない東洋人の姿に戸惑う者もいれば、あの親戚たちが文弥の無礼について騒ぎ立てた夜会にいて、あれがあの時の話の東洋人かと察した様子の者、そしてロバートのように何者かを知っていて笑みを見せる者と、反応はバラバラだった。

「マックス様の素晴らしい演目の後では気後れしてしまいますが、皆様に少しでも楽しんでいただければと思います」

文弥がそう口上すると、マックスの時に引き続きヴィンセントがバイオリンを演奏し始める。昨夜、急に文弥の伴奏も買って出てくれたのだ。

柔らかな旋律に合わせ、文弥は和紙の蝶を扇子の風でふわりと宙に舞わせた。

最初はふらふらと頼りなげにしていた蝶が、やがて命を持っているかのように自在に舞い始めると、観客の目は釘づけになった。

ヴィンセントが奏でる美しいバイオリンの音色が、その世界をより印象づける。

曲が終わるのと同時に、二匹の蝶がまるで折り重なるように床の上で息絶えた。ほう……とため息をつくような間を置いた後、驚くほどの大きな拍手がホール中を包んだ。

それに何度も頭を下げ、文弥はみんなに喜んでもらえた様子に安堵をしてステージを降りた。

予定していた演目はこの手の集まりにしては短すぎるものだったが、まだ前当主の死から一年が過ぎていない会であることや、招待客がすべて気の置けない長い付き合いの家の者ばかりということで、特に誰も不満を口にはしなかった。

演目が短い分、その後の懇親会に力を入れ、出す軽食や菓子は通常のこういった会よりも多くの種類を用意した。

「本当に素晴らしかったですわ。あの蝶々、紙でできているって本当ですの？　とてもそんな風には見えませんでしたわ！」

「公演を拝見したんですよ。まさかまた見ることができるとは思いませんでした」

文弥の周囲には人が集まり、口々に演目を絶賛してくれる。

「ありがとうございます」

文弥は礼を言いながら、気になってマックスを見た。マックスは同じ年齢くらいの子供たちに囲まれて、お手玉を披露したり、相手に渡して教えたりと、仲よくしている様子だ。

「確か、公演の売り上げをすべてマネージャーだった男に持ち逃げされたとか？　あなた以外の団員の方は？」

一人の紳士がそう聞いたのに、文弥は視線を彼に向けた。

「ヴィンセント様の計らいで先に帰国を。僕は、体調を崩して長い船旅に耐えられそうになかったので、体がよくなるまでこちらにお世話になっているんです」

「今日の様子だと、体は随分とよくなっているようですな。これから、今日の演目を他所で披露なさるおつもりは？」

その言葉に、横で聞いていた婦人が割って入る。

「あら、抜け駆けをなさるおつもり？　もし公演をして回られるご予定があるなら、わが家にも来ていただきたいわ」

その声を聞き付け、周囲にいた多くの人々が文弥を招きたい、と騒ぎ始めた。以前ヴィンセントが懸念していたことでもあり、文弥は彼らに失礼にならないように、やんわりと断る。

「ありがとうございます。体調が万全になれば、そういうことも考えられると思うのですが、まだ波があって……」

儚げな文弥の風情はその言葉を裏づけるものであったらしい。

「まぁ、残念ですわ。でも体調がよくなられたらぜひお考えになって！」

そう言う者がほとんどだったが、中には、

「奇術が見られなくてもかまわないから、ぜひ招待させてほしいな。日本のこともいろいろ聞いてみたいし」

と言う者もいて、それに文弥はどう返事をしたものかと困る。

「ありがとうございます、ですが……」

当たり障りのない断りの言葉を選ぼうとした時、他の客と話をしていたヴィンセントが近づいて来て、文弥の腕を掴んだ。

「文弥、少し来てくれ」

「ヴィンセント様……」

「すみません、彼に用がありますので少しお借りします」

ヴィンセントは文弥を囲んでいた客にそう断ると、半ば強引に文弥の腕を掴んでホールを後にした。

「ヴィンセント様、どうなさったんですか……」

何があったのか分からず文弥は問うが、ヴィンセントは無言だ。ただ、怒っているらしいのだけは、腕を掴む手の強さや気配から分かった。

ヴィンセントが口を開いたのは、文弥を書斎に連れて入ってからだった。

「ハンクス子爵に招待されていたな」

そう言われても、誰が誰なのか文弥にはまったく分からなかった。

「僕に声をかけて下さっていた方の中に、いらっしゃったのですか？」

文弥の返事をヴィンセントは蔑むように鼻で笑った。

「相手が誰かも分からずに、色目を使っていたというわけか」

「そんな……僕は色目なんて…」

文弥は頭を横に振って否定する。だが、それさえヴィンセントの気に障ったようだった。

「どうだか分かったものじゃない。自分の身をわきまえろ。今のおまえは、爪の先から髪の一筋まで私に買われているのだということを忘れているらしいな」

ヴィンセントはそう言うと、文弥の顎を強く捕らえ、そのまま乱暴に口づけた。

「……っ！」

口腔を舌で深く犯され粘膜を舐め回される感触は、もうすでに馴染んだものだ。

そう、情人として慣れたものだった。

だが、今のヴィンセントからは欲望さえも感じなかった。ただ感じられるのは怒りだけだ。

——どうして、ヴィンセント様……。

どこかに誤解があるのに、説明さえさせてもらえない。

どうして怒らせてしまったのかも分からないのだ。

「ん……っ…ふ、ん、んんっ」

口づけの最中、文弥の唇から戸惑いと拒絶が入り交じったような声が漏れる。それは、ヴィンセントの手が下肢へと伸びたからだ。

ズボンの前をくつろげられ、自身を直に捕らえられる。

まだ、なんの変化も見せていなかった文弥自身だったが、濃厚な口づけと同時に扱かれて、あっという間に熱を孕んでしまった。

「……っ…あ、あ…嫌っ」

唇が離れた瞬間に、文弥が言ってしまったのは、拒絶の言葉だった。

その言葉に、ヴィンセントはさらに怒りを募らせた様子で、文弥を嘲るように言った。

「少し触れられたくらいで、こんなにしておいて、何が『嫌』だ」

「……っ…あ」

「先を、こんな風に濡らして。……ここを、強くされるのが好きだろう?」

ヴィンセントの指がそっと裏筋を辿り、先の括れの部分を強く揉み込んだ。

「あぁっ、あ……それ…、あ、あ……」

「淫らなものだな、こんなにも蜜を漏らして」

弱い場所への愛撫に、文弥は先走りなどと言えないほどの量の蜜を零していた。それを塗り込めるようにしながら、ヴィンセントは文弥をさらに煽った。

「あ……、あっ、だめ…強…すぎ……あ、あっ」

ぬちゅっ……と淫猥な水音を響かせながら与えられる罰するような愛撫は、あまりに強すぎた。文弥の膝はガクガクと震え、ただ立っていることさえできなくなってしまう。

崩れ落ちそうになる文弥を、ヴィンセントはもう片方の手で支え、蜜を零す割れ目を指先で執拗に擦り立てた。

「だめ……っ…もう……」

背筋を身に覚えのある感覚が這い上がってくる。

ヴィンセントの愛撫に慣れた体は、この先に訪れる頂点を望んで駆け上ろうとした。

だが、不意に扉が叩かれ、外からマーロウの声がした。

「ヴィンセント様」

その声に文弥は身を竦ませる。

「……なんだ」

ヴィンセントがいつもの冷静そのものの声で問うと、扉の外からマーロウが答えた。

「主催者の長い不在はお客様に失礼に当たりますから、そろそろお戻りを」

「分かった。すぐに行く」

ヴィンセントはそう言うと、文弥から手を離した。

「あ……」

ヴィンセントに支えられることでなんとかしてバランスを保って立っていた文弥は、手が離れた途端その場に座り込んだ。

「おまえも会場へ戻りたければ戻ればいい」

冷たい声に、文弥はヴィンセントを見上げる。ヴィンセントは、いつもの無表情で胸ポケットからハンカチを取り出すと、文弥が漏らしたもので濡れた手を拭った。

そして拭ったハンカチを床に投げ捨て、文弥を一度も見ることなく部屋を出て行った。

一人、部屋に残された文弥はキツく唇を噛む。

もう少し、というところでほうり出されたのだ。もはや、収まりがつかないところまできている。

文弥はおずおずと自身へと手を伸ばした。

「ん……っ」

手に包んだだけで、痺れるような快感が背筋を走り抜けて行く。文弥はギュッと目を閉じて手の中の自身を擦り立てた。

「ふ……っ……ぅ、……ぅ」

上がりそうになる声を必死で押し殺し、頂点を迎えようと必死になる。だが、昼間の、誰が入ってくるか分からない書斎だと思うと、気が殺がれてうまくできなかった。

それでも、自身を手放すこともできなくて——文弥は自然とヴィンセントの手を思い浮かべ、いつもされていることをトレースした。

上下に擦りながら、先端の蜜を零す穴を暴くように強く指先で弄り、蜜が大量に溢れて幹をしたたり落ち始めると、それをヴィンセントはいつも舌先で舐め上げる。

今はいないヴィンセントの、熱く柔らかな舌や、強く吸い上げる口腔の感触を思い出し、文弥の体が絶頂へと駆け上って行く。

「あ……、あ…ぁ」

ヒクッと両肩を震わせ、文弥は自分の手の中に蜜を吐き出した。

それはあまりにあっけなく、そして空しい絶頂だった。

「……っ…」

空しい、と感じた瞬間、胸の中に押し寄せたのは悲しみだ。

だが、どうして悲しいのか分からなかった。

ヴィンセントを怒らせたことなのか、途中で物のようにほうり出されたことなのか、それともヴィンセントの手管を思って終わりを遂げた浅ましさのせいなのか。

頬を涙が伝い落ちる。

それを拭おうとして、手が自分の放ったもので汚れているのを思い出した。

文弥は床に投げ捨てられたヴィンセントのハンカチを掴み、それで手と、汚してしまった床を綺麗に拭うと、のろのろと立ち上がる。

情けない気持ちで身支度を整え、文弥は書斎を後にした。

客室のベッドの中で頭の上まで布団を被り、文弥は溢れる涙を幾度となく拭いながら、漏れそうになる嗚咽を噛み殺していた。

借金のカタになっているのだということは、ちゃんと分かっていた。

だが、それをヴィンセントの口からはっきりと言われて悲しくて仕方がなかった。

——少しでもヴィンセント様に思われたいなんて、思った罰だ……。

返せない額のお金を出させて、その上気持ちまで欲しがるなんて、欲張った罰だ。

身の程を忘れて——だからこんなに胸が痛くて、つらくて、どうしようもない。

「……っく……」

声を噛み殺し切れずにしゃくり上げた時、扉を叩く音がした。

文弥が部屋に閉じこもって三時間近くが過ぎている。すでに招待客も帰り、夕食の時刻だ。

ヴィンセントとホールを後にしたきり、戻らない文弥を心配してマーロウが部屋を訪ねて来たのも、すでに二時間以上前のことだ。

久しぶりに大勢の人前に出たせいで疲れが出て気分が悪いのだと告げると、マーロウは疑う様子もなく、部屋を後にした。その時に食欲がないと言っておいたが、誰かが様子を見に来たようだ。

それなら、返事をせずにいれば、眠っていると思ってくれるはずだと、文弥は黙ってやり過ごそうとした。

「文弥、私だ。入るぞ」

しかし、文弥の耳に聞こえたのはヴィンセントの声だった。そして文弥が覚悟を決める間もなく扉が開き、ヴィンセントがベッドに近づいて来る気配がした。

「文弥、眠っているのか……?」

問いと確認が入り交じった声だった。

無視してしまえば、ヴィンセントも寝ていると思うはずだと、そう思ったのにヴィンセントの気配を感じただけで、胸が痛んで、文弥はこらえ切れずにしゃくり上げた。

「……ひ…っ…ぅ…」

それは微かな声だったが、文弥が起きているとヴィンセントに知らせるには十分なものだった。

「文弥、起きているなら顔を見せろ」

その命令に、文弥は無言で抵抗を示す。

「文弥」

もう一度名前を呼ばれ、文弥は布団の端をぎゅっと握って言った。

「……一人にして下さい」

震える声で、今は会いたくないのだと告げるが、ヴィンセントは聞き入れてはくれなかった。

「話がある」

一言、そう言っただけだったが、今の文弥にとって、それは支配者の命令でしかなかった。

文弥は唇を噛み、手で涙を乱暴に拭うとベッドの上に体を起こした。

そして泣き腫らして真っ赤になった目で、ベッドの傍らに立つヴィンセントを真っすぐに見る。

そのまなざしは「金を出してもらっている者らしく、言うことを聞けばいいんでしょう?」とでも言いたげだった。

いくばくかの間を置いた後、ヴィンセントはふっと文弥から目を逸らし、言った。

「さっきは、すまなかった」

思いもしなかった謝罪の言葉に、文弥は呆然とヴィンセントを見る。ヴィンセントは文弥を見ないまま、言葉を続けた。

「おまえを屋敷に呼び寄せたのは、マックスにおまえの奇術を見せてやりたかったからではなく、私のためだ」

「ヴィンセント様……」

「最初に一座の公演を見た時、一目でおまえに恋をした。それでも、すぐに日本へ戻ると分かっていたから思っても仕方がないとあきらめようと思ったんだ。だが、一座が金を持ち逃げされた上に、おまえが入院したと知って――なんとかなるかもしれない、おまえを引き留めておくことができるかもしれないと、そう思った」

ヴィンセントはそこまで言って、自嘲めいた笑みを浮かべる。

「結果、おまえを金で縛ることくらいしか思い付かなかった自分に嫌気がさす」

あまりに急な告白に、文弥はどう言っていいのかまったく分からなかった。

まるで夢の中のような気さえして、現実味がない。

黙ったままの文弥に、ヴィンセントは小さく息を吐いて続けた。

「私の母は、子爵家の娘として生まれた。子爵家といっても内情は火の車で、没落の一途を辿るしかない有り様だった。それに付け込む形で、二十歳以上年の離れたやもめの侯爵が母に求婚したんだ。結婚を承諾してもらえれば、子爵家にそれ相応の礼をすると言って――貧乏貴族が体面を保つのに十分すぎる額を提示して、子爵家はそれを呑んだ。十七だった母は、四十の男の後妻として侯爵家に迎えられた」

文弥は、マックスに連れられて見た母親の肖像画を思い出した。

まるで春の女神のような美貌の女性だった。肖像画は、大人の女性の容貌だったが、若い時の彼女の姿を簡単に思い描くことができる。咲き初めの薔薇のような彼女を手に入れたいと思った者は少なくなかったはずだ。

「結婚から一年が過ぎた頃、侯爵が死んだ。急死だったそうだ。若くして未亡人になった母は、実家に戻された。それからしばらくして身ごもっていることに気づいたんだが、侯爵家にはすでに先妻の息子がいて、相続のことでもめるのが嫌だからと、生まれた子供が男でも女でも侯爵家にはかかわらせないという約束の元に金で解決したんだ。そうして生まれたのが私だ」

ヴィンセントはそこまで言うと、ギュッと拳を握り締めた。

「金で母を自分の妻にし、金で追い払った。人をまるで物のように扱う。そんな侯爵家の人間を私は憎んでいた。それなのに、おまえのことも金でなんとかしようとした。結局は私も彼らの血を引く同類なのだと思うと、自分でも嫌になる」

吐き捨てるように言ったヴィンセントの横顔からは、深い苦悩が見て取れた。

「その上、おまえに挨拶をしていただけの連中に嫉妬をした。今日の催しを渋ったのは、おまえを人前に出したくなかったからだ。おまえを失うことになりそうで……」

「……ヴィンセント様は、僕を思って下さっているのですか……？」

一度に与えられた情報に、文弥の頭は破裂寸前だった。改めて聞かなければ、すべてがふわふわとして現実感がなく、信じられなかった。

ヴィンセントが自分を好いていてくれたなんて、考えられなかったのだ。

その問いに、ヴィンセントは気まずそうな表情をしながらも、真っすぐに文弥を見て頷いた。

「ああ」

それを見た途端、文弥の両目に涙が浮かび、瞬く間に涙が頬を伝い落ちて行く。

「文弥」

その涙にヴィンセントはうろたえ、ベッドに腰を下ろして文弥の涙を拭おうとする。だが、涙は後から後から零れて、ヴィンセントの指を濡らした。

「泣くな……、謝るから」

泣いている確かな理由は分からないものの、恐らくこれまでに文弥に対して取ってきた言動のせいだろうと思ったヴィンセントは謝る。

しかし、文弥は小さく頭を横に振った。

「違うんです、ヴィンセント様のせいで泣いてるわけじゃ……。僕のことを思って下さっていたなんて信じられなくて…嬉しくて……」

「嬉しい？」

聞き返されて、文弥は頷いた。

「一座のみんなの旅費や僕の入院費は、とてもじゃないけれど返せるような金額ではありませんでしたから、少しでも何かでお返しをと思ったら、ヴィンセント様やマックス様のお役に立たせていただくくらいしかできません。だから、相手をと言われた時は……仕方がないと思っていました。ヴィンセント様がそれをお望みならばと。ただ、本当にヴィンセント様が必要となさっているのは僕の体だけなんだと思うと、つらくて……」

返せないほどの恩を受けておきながら、心まで欲しいと思うなんて欲が深いのだと思っていた。

「でも、そうじゃなくて……よかったと、そう思っています」

文弥の言葉に、ヴィンセントは戸惑いながら問い直した。

「少しでも、私のことを思ってくれているのだと、そう考えていいのか？」

それに、文弥は頷く。

「公演を見に来て下さった時のことを、覚えています。……最初は、ロンドンについてすぐの頃に来て下さって、舞台の上からでもとても素敵な方だと思って、覚えていたんです。最後の日も、見に来て下さいましたね。病院でお会いした時は、とても嬉しかったです。援助をいただいたかわりに、夜の相手をと言われた時には、それまでそういった経験がありませんでしたから、確かにショックでしたけど……ヴィンセント様を慕わしいと思う気持ちがありましたから、それでもいいと思えたんです。逆に、体だけなんだと思った時の方が胸がどうしようもなく痛くて、苦しくて……」

文弥の思いを知り、ヴィンセントはほっとしたような顔で聞いた。

「私たちは、同じ気持ちで互いを愛しいと感じていると、そう思っていいのか？」

その言葉に、文弥は恥ずかしそうに頬を染めながら、頷く。

「はい」

小さなその返事は、互いの間にあった隔たりを埋めるのに十分な力を持っていた。

「文弥……」

優しく囁くような声で名前を呼びながら、ヴィンセントは両方の手で文弥の頬を包む。

そして、そっと口づけた。

触れるだけの口づけなのに、それは今までのどの時よりも甘いものだった。

6

昼下がりのサロンには、文弥とヴィンセントの姿があった。

「スペルはB、R、A、W、N?」

自信なさげに文弥が答えると、ヴィンセントは頭を横に振った。

「残念だな。Rの次が違う。Oだ。BROWN」

それに文弥はため息をつく。

「また間違えちゃった……」

「よく覚えた方だ」

ヴィンセントは笑って子供にするように文弥の頭を撫でる。

相変わらず忙しいヴィンセントだが、それでも社交界の集まりに出る回数を少し減らし、時間を作ってはこうして文弥をそばに置いている。

二人きりで何をしているのかといえば、英単語のスペルチェックだ。ヴィンセントは、文弥が話せるが読み書きができないということを知り、教えてくれているのだ。

それは周囲から見るとただの勉強の時間だが、二人にとっては一緒にいられるだけでも幸せだった。

「お兄様、文弥、今日のお勉強終わったよ。遊ぼ！」

少しすると、家庭教師から解放されたマックスがやって来る。ヴィンセントが家にいる時間を増やしたことを、マックスもとても喜んでいて、随分と嬉しそうだ。

ヴィンセントの体の心配をしていたマーロウも、安堵している様子なのが分かる。

「ヴィンセント様、そろそろお出掛けの準備をなさらないと」

一時間ほどした頃、そのマーロウがヴィンセントに時間を告げに来た。

「ああ、もうそんな時間か」

「お兄様、今日はなんの集まり？」

「ライアン伯のお宅で晩餐会だ。帰りは遅くなりそうだから、マックスも文弥も寝ていなさい」

そう言われ、文弥とマックスは「はーい」といい子な返事をする。

まるで仲のいい兄弟のような二人に、ヴィンセントは笑いながらサロンを出て行った。

穏やかな日々は、まるでずっと昔からそうだったような錯覚を文弥に覚えさせる。だが、それはここ二週間ほどのことなのだ。

——ずっと、こんな日が続けばいい……。

そう思いながらも、自分がずっとこの家にはいられないということも、文弥は分かっていた。

体もすっかりよくなっているのに、世話になり続けることはできない。周囲がおかしく思うだろう。

ただ、出て行くと切り出すことができないでいる。

ヴィンセントやマックスのそばに、ずっといたくて。

文弥がそんなジレンマを抱えて密かに悩んでいたある日の午後のことだ。

サロンでいつものようにヴィンセントとスペルチェックを繰り返していると、マーロウが彼らしくない慌てた様子で姿を見せた。

「ヴィンセント様、デール子爵とメイソン男爵の使いだという弁護士が参っております」

マーロウの言葉に、ヴィンセントは眉を寄せた。

「……あの両家の？　分かった、通せ」

ヴィンセントが言うとマーロウは一旦サロンを出る。マーロウの様子やヴィンセントの厳しい顔から、よくない話なのだろうと言うことは分かった。

「ヴィンセント様、僕、下がっていましょうか？」

「いや、どうせ気になって後で聞きたくなるだろう？　ここにいてくれてかまわない」

「デール子爵とメイソン男爵って、どこかで聞いた気がするんですが……」

ヴィンセントが社交界で会った人の名前だっただろうか？　聞き覚えだけはあるのだが、誰かまでは分からなかった。

「伯爵家の失礼な親戚たちだ」

ヴィンセントが文弥にそう告げた時、サロンに弁護士が姿を見せた。

「初めまして、私、弁護士をしておりますヒルと申します」

「今日はどのようなご用件で？　少し聞いたところ、デール子爵とメイソン男爵からの用件だと伺いましたが」

ヴィンセントの問いに答える前に、弁護士は気になるのか文弥をちらりと見る。その視線にヴィンセントが言った。

「彼のことは気になさらなくて結構。ご用件は？」

重ねて言われ、弁護士は口を開いた。

「両家から、こちらのマクシミリアン様の後見人にヴィンセント様が立っていらっしゃることを不服として、裁判を起こすつもりだということで呼ばれまして……」

裁判、という言葉に文弥は目を見開いたが、ヴィンセントは表情を変えなかった。

「なるほど？　それで、両家の言い分は？」

弁護士は、両家が——というよりも、実際には両家に嫁いだマクシミリアンの叔母たちが主になっているのだろうが、訴えて来た事柄を告げた。

先代伯爵の急死後、当時のマックスが精神的に大変だったこともあり、落ち着くまでは一緒に生活をしていたヴィンセントが後見人になるということで合意をしたが、マックスが落ち着いたのにヴィンセントが話し合いに応じないということだった。

それに付随して、ヴィンセントの後見人としての資格をも問うことにしているらしい。

彼らは、ヴィンセントが伯爵家の血を引かない者であることに加え、マックスの財産を好き勝手に使っていると言って来たのだ。

その証拠の一つとして上げられたのが、文弥たちの一座が帰国するための旅費についてだった。

「ヴィンセント様……あの、僕のせいで…」

弁護士が帰った後、難しい顔をしているヴィンセントに文弥は泣き出しそうな表情で言った。

その文弥に、ヴィンセントはふっと笑う。

「おまえのせいじゃない。この前、連中を追い返してから、こういう手段に出て来るだろうということは覚悟していた。気にしなくていい」

ヴィンセントはそう言って、マーロウを呼ぶと、伯爵家の弁護士に使いを出すように言った。

弁護士が到着したのは一時間ほどしてからだった。

文弥の表情がずっと硬かったので、ヴィンセントは後で説明をするから、部屋に戻っていていいぞと言ってくれたが、一人でいると悪いことばかり考えそうだからと、その場にも文弥は残った。

伯爵家の弁護士は、ヒル弁護士が置いて行った両家からの訴えをしるした書類とヴィンセントの話から、仮に裁判になったとしても勝てると言った。

「両家が一番落ち度としてつついてくるとすれば、マクシミリアン様の財産の使い込みという部分でしょうが、こちらは違うんですね？」

「ええ。もちろん、私がここに住んでいるためにかかる費用も使い込みと言われれば太刀打ちできないでしょうが、少なくとも彼らが問題にしてきた旅費等に関しては、私が母から相続した財産で支払っています。その証拠となる書類についても準備はできます」

「なるほど。では、問題となるのは後見人選出のし直しという件だけになりますね。マクシミリアン様の兄君ではいらっしゃいますが、伯爵家の血筋ではないと言われればそうですし」

「姻族、というつながりだけでは無理でしょうか?」

ヴィンセントの言葉に弁護士はふむ、と腕を組んだ。

「無理というわけではありませんが、伯爵家のお身内の中にも後見役の任務をこなすことのできる方はいらっしゃいますので、その方とヴィンセント様のどちらが相応しいかということになると思います。実際に裁判にするのか、それとも内々の話し合いだけで収められるのかは、ヴィンセント様のお考えに沿いますが……こういった瑣末なことで裁判をするのは、伯爵家の体面にも傷がつくかと」

「ええ、マックスを無用な好奇の目に晒すことは、私としてもしたくはありません」

「裁判、身内だけの話し合い、どちらにしても当事者でいらっしゃるマクシミリアン様のお考えを尊重する形になると思います」

弁護士の言葉は、ヴィンセントに圧倒的に有利に文弥には思えた。

親戚たちが来た時のマックスの様子を考えると、マックスが彼らを選ぶはずがないと確信できたからだ。

しかし、ヴィンセントの表情はずっと暗かった。

「ヴィンセント様、何かご不安に思われることが?」

問うことができたのは、夜、ヴィンセントの部屋で二人きりになってからだった。

ヴィンセントはあの後、すべての誘いをキャンセルして、ずっと家にいたのだが、夕食の時も、その後三人でいつものように遊んでいる時も表情は暗いままだった。

マックスのいるところで聞くのもためらわれて、今になってしまったのだ。

「ああ。マックスの後見役のことでな」

「そのことでしたら、ご心配なさることはないんじゃないですか？　ヴィンセント様に落ち度はないし、マックス様があの親戚の方々をお選びになるとは思えません」

文弥はそう言いながら、マーロウが準備してくれていたワインをグラスに注ぎ、長椅子に腰を下ろしているヴィンセントに差し出した。

ヴィンセントはそれを受け取りながら、小さく息を吐き、言った。

「マックスに選ばせればな」

「……どういう意味ですか？」

文弥にはヴィンセントの言わんとしていることが分からなくて、聞き返す。それにヴィンセントは、軽く目を閉じて少し考えてから口を開いた。

「マックスの意思を尊重する、ということは、公平に私と親戚の言い分も聞かせなければならないということだ。そうなれば、マックスの目の前で親戚同士が言い争う形になるだろう。親戚たちが、母のことを持ち出さないはずがない」

「エレノア様の、ですか？」

「ああ。彼女がここに嫁いで来たのは、私が十二歳の時だ。つまり、最初の嫁ぎ先を出てから十年以上が過ぎてからのことだ。その間、伯爵はずっと母に求婚し続けていた。それを母が受け入れなかったからなんだ。なぜだか分かるか？」

文弥は少し考えてから答えた。

「……最初のご主人となられた方の死から立ち直ることが、なかなかおできにならなかったから、ですか？」

「それもあるだろう。侯爵の死というよりも、侯爵の死の後に侯爵の家族や親戚から受けた嫌がらせや、広められた噂のせいだろうな。何しろ、母が侯爵に毒を盛ったなどと噂した連中もいたから。そのせいで母は追い詰められて、実家の自室から一歩も出られなくなったほどだ」

「酷い……」

「だが、そんな噂よりも切実な問題があった。私がいたことだ。もし、母が伯爵と結婚して二人の間に子供が生まれなければ、伯爵家の血を引かない私が伯爵家を継ぐことになるかもしれない。そんなことを伯爵家の者が許すわけがなかった。それに、子持ちの未亡人よりもいい相手は他にもいるからな。実際、伯爵は母をあきらめて、他の女性との結婚も考えたらしいが、結局母のことが忘れられず――母もとうとう根負けしたらしい。もともと、母が最初の結婚をする前から、二人は憎からず思い合っていた仲だったそうだしな」

様々な困難を乗り越えて、やっと思いを重ねられた二人。

それはロマンチックな御伽噺のようだった。だが、現実には御伽噺にはない困難がずっとついて回るのだ。

「どう反対しても結婚すると言う伯爵に、親族は『あの女の年齢からして子供はもう望めないかもしれない。あの女はそれを見越して承諾したのかもしれないぞ。おまえを懐柔して、自分の連れ子をこの伯爵家の跡取りに据えようとな』と言ったらしい。侯爵を毒殺したなんていう不名誉な噂を立てられたことも、彼らの妄想に火をつけた。侯爵の時のように伯爵も殺す気なんじゃないか、と」

あの親戚たちなら、それくらいのことは言っただろうと文弥には思えた。

「どうあっても、反対なさるおつもりだったんですね」

「その反対が、逆効果だった。伯爵はますます意地になってしまって、彼らとは縁を断つとまで言い出したんだ。叔母上たちには、このまま伯爵が結婚せずに寿命をまっとうすれば、爵位が自分たちの次男に回ってくるという計算があったから、それだけは避けたかったんだろうな。結果、もし伯爵に子供ができなくても私に跡は継がせないという誓約をさせて結婚を許した。もし伯爵の血を引く男子が生まれれば正当な跡継ぎとして認めるし、生まれなければ爵位が転がり込んで来るから」

「結局、爵位を狙ってたのは自分たちの方なんじゃないですか……っ」

憤慨する文弥に、ヴィンセントは苦笑する。

「おまえが怒ることはないだろう。もう十年以上前の話なんだから」

「だって、それをヴィンセント様がご存じだっていうことは、ヴィンセント様に誰かが当時のことを話したからでしょう？　よくそんな残酷なことが……」

自分の母親についてのあらぬ噂や、当時の困難を耳にしたヴィンセントは傷ついたに違いないのだ。それを思うと、涙が込み上げて来た。

ヴィンセントはそっと手を伸ばして、文弥の目尻の涙を拭う。

「今度は泣くのか？　忙しい奴だな。まぁ、そういう経緯があって、生まれたのがマックスだ。妊娠が分かった時、母は決して若くはなかったし医者には止められたらしいんだが、どうしてもと聞かなかった。結局、マックスを生んで間もなく亡くなったが、母には意地もあったんだろうと思う。伯爵の血を引く子供を生む、という」

ヴィンセントはそこまで言うと、手にしたグラスを机の上に置いた。

「母が亡くなったことで、叔母上たちの溜飲が下がったように思えた。だが、伯爵が亡くなった時に、再びその話が蒸し返されたんだ。私自身は制約に基づいて爵位を継ぐことはないが、幼いマックスを傀儡にして伯爵家を支配するつもりじゃないか、とね。その流れで、母の悪口を言いたい放題言ってくれたよ。それの一部を、マックスは聞いてしまった」

親戚たちが来た時のマックスの様子に、ようやく文弥は納得がいった。

マックスにとっては、あの肖像画に描かれた母親がすべてだっただろう。その母親を口汚く罵られて、傷つかないはずがなかったのだ。

「マックスは文弥のおかげでやっと立ち直って来たところだ。そのマックスに、再び同じ諍いを見せたくはない」

「でも、それは……」

ヴィンセントはそう言った。その顔には深い苦悩が浮かんでいた。

マックスに諍う姿を見せないためには、どちらかが身を引かなくてはならない。親戚たちが身を引くわけがないだろう。

「私が後見役から外れることで収まるなら、と思っている」

「あの親戚の方々が、真実マックス様のためだけに後見役をお務めになるとは思えません。そんなことになったら、マックス様が可哀想です……」

「ああ。もう少し考える余地はあると思う。だが、マックスが一番傷つかない方法を探すつもりだ」

ヴィンセントはそう言うと、不意に文弥を抱き締めた。

「私のことが可哀想になっただろう？　慰めてやろうという気にはならないか？」

「……ご自分の口から言わないで下さい。冷めます」

「冷たい奴だな」

そのヴィンセントの口調には笑みが含まれていて、文弥は少しほっとする。

「お可哀想だから、添い寝だけして差し上げます」

「添い寝だけか？」

「ええ」

即座に答えた文弥に、生殺しだな、と笑いながら、ヴィンセントは腕の中に文弥を閉じ込めたままにする。

その腕の中で、ヴィンセントの胸に体を預けながら、文弥は押し寄せる不安に胸を痛めていた。

◇◆◇

ヴィンセントは連日、弁護士のもとに出掛けて行った。

マックスの後見人についての話し合いだ。

マックスに諍う姿を見せたくないと思うのと同時に、マックスをこの屋敷に一人にはできないという思いもあり、なかなか決断し切れない様子だった。

十日ほどが過ぎた夜、ヴィンセントは部屋で文弥に告げた。

「マックスの後見役を下りることになった」

静かな声だった。

「決まったんですか……」

覚悟はしていたが、問う声は少し震えた。

「ああ。叔母上たちが私の出した条件を全部呑んだからな」

身を引くことを決めたヴィンセントは、幾つかの条件を向こうに提示したらしい。

後見役はこちらから指定すること、伯爵家の資産管理は弁護士に一任すること。その他に小さな条件――叔母たちがマックスに会う場合には必ず事前に連絡を入れ、マックスが承諾した時のみ会う――をつけた。

それを呑むなら、後見役を下り屋敷を出て行くと。

ヴィンセントの出した条件では、彼らにとってまったく旨みはなかった。だが、後見役不適格の切り札にしようとしていた財産の使い込みも証拠つきで否定され、勝てる見込みのなかった彼らは、ヴィンセントを屋敷から追い出せるならと、その条件を呑んだ。

ヴィンセントが後見役として選んだベイカー子爵は、あの失礼な叔母たちと一緒に来た老紳士だ。

彼はマックスの大叔父に当たり、親戚の中では最長老で、若い頃から公正な人物として知られていた。ヴィンセント本人のことにしても、母親のことにしても、これまで感情的な言動を取ることはなく、叔母たちを窘めることができる人物だから、安心していいだろう。

財産についても、弁護士が必要と認めた時のみ出すという取り決めにしたし、親戚筋とのゴタゴタを熟知しているから外野がどう騒ごうと心配しなくてすむ。

「マックスについては安心できると思う。あと二年ちょっとでマックスは寄宿舎のある学校に入ることになるから、それまで叔母たちの接触を断ることは可能だろう」

「マックス様には、なんておっしゃるおつもりですか？」

文弥の問いに、ヴィンセントは軽く目を閉じた。

「友人が、スコットランドの方で新しく事業を起こすので、その手伝いで向こうに行くことなると」

「本当に、そうなさるんですか?」

「いや、田舎に小さな領地がある。母が侯爵家を出される際に譲り受けた場所だ。しばらくそこにいるつもりだ」

そう言って、ヴィンセントはいくばくかの間を置いてから目を開き、文弥を見た。

「文弥、おまえは日本に帰れ」

「……日本へ……」

「マックスのためにはそばにいてやってほしいが、おまえに手厳しいことを言われたのを逆恨みしている彼らが、おまえを排斥するためにどんな手段を打つか分からない。私がここを離れる以上、そうなっても策を講じることはできないからな」

ヴィンセントのその言葉に、文弥は眉を寄せた。

「どうして、今、そんなことをおっしゃるんですか?」

「今だからだ。それに、日本でおまえの帰りを待っている者もいるだろう」

確かに、いる。

先に帰国した一座の仲間たちは、きっと待ってくれているはずだ。

しかし、日本に帰るということは、ヴィンセントと恐らくもう二度と会えないということとだ。

「帰りません」

「文弥」

「僕、帰りませんから。今、帰ったら絶対にずっと後悔する。ヴィンセント様のそばにいたいんです」

「馬鹿なことを言うな。おまえに十分なことは何もしてやれなくなるんだぞ。苦労はさせたくない」

ヴィンセントのその言葉に、文弥は笑ってみせた。

「ヴィンセント様、僕を見くびらないで下さい。僕がして来た貧乏は、ヴィンセント様が思う以上のものです。……絶対に、ヴィンセント様のお邪魔はしませんから、僕も連れて行って下さい」

引かない文弥に、ヴィンセントは眉を寄せる。

「苦労すると分かっていて来るのは馬鹿のすることだ」

「ヴィンセント様と一緒にいられるなら、馬鹿でいいです。だから……」

笑っていた文弥の語尾が震えたかと思うと、急に涙が目に浮かび、あっという間に溢れ出す。

「だから……僕を置いて行かないで下さい……」

ポロポロと涙を零しながらも、真っすぐに見つめて言う文弥を、ヴィンセントは強く抱き締めた。

「おまえは、本当に馬鹿だ……」

だが、その声は限りない愛しさに溢れていた。

7

「見て下さいよ、大きいでしょう？　僕が釣ったんですよ」

夕食のテーブルにどん、と鎮座するニジマスの香草焼きを指さし、誇らしげに文弥は言う。

「ああ、立派だな」

「あと、スープのカブは、畑で取って来たんですよ。こーんな大きなカブ」

手でその大きさを示し、凄いでしょ、と自慢気に話す。

田舎にある領地の館に来て、まもなく三カ月になる。夏の盛りは過ぎ、季節はもうすぐ秋だ。

来る前、田舎の屋敷はとにかく小さくて古くて質素だとヴィンセントに繰り返し言われ、文弥はどんなあばら家か掘っ建て小屋なのかと覚悟して来たが、到着してみれば、文弥から見れば生活するのになんの不自由もない広さの綺麗な屋敷だった。

確かにロンドンの伯爵家に比べると広さが三分の一ほどもなく、調度類にもきらびやかなものはなかったが、それでも主がいない間もここに勤める使用人たちはいつ急な訪問があってもいいように心掛けていたらしく、掃除はすみずみまで行き届いていた。

『素敵なところですね。窓からずっと向こうの山まで見られるし。あの畑、領地の畑ですよね？　後で見に行きましょう！』

到着してすぐ、こんなところですまない、とヴィンセントが謝ろうとする暇さえ与えず、文弥は満面の笑みを浮かべてそう言った。

実際、ここでの生活が楽しみで文弥は仕方がなかったのだ。

何しろ、爪に火を灯すような生活を覚悟して来たのに、食べるのにはまったく困らなさそうだ。

文弥は到着して二、三日のうちに使用人とすっかり打ち解け、仕事の手伝いをしている。使用人たちは最初、ヴィンセントの大切な友人である文弥に手伝いをさせるなんてと言っていたが、文弥が非常に楽しそうにしているので、今ではよほどのこと以外はさせてくれるようになった。

だから、今、自分とヴィンセントの身の回りのことは、文弥がほぼすべてこなしている。

それも凄く楽しそうにしているのだ。

そんな文弥はロンドンにいる時よりも生き生きとして見えるし、何より、儚げに見える容姿からは想像ができないほど逞しいということを、ヴィンセントは初めて知った。

対してヴィンセントは最初、いろいろなものが量的にも質的にも劣り使用人の数も少ないことから、これまでなら人任せにしていたことも自身がこなさなくてはならなくなり、不満に思うことが多かった。

だが、時間に追われることもなければ、面倒な付き合いの多い社交界もなく、人目もさほど気にしなくていい大らかな空気の中で、ヴィンセントもここでの生活に居心地のよさを感じるようになっていた。

「そういえば、庭に植えたマジョラムとローズマリーなんですけど、寒さに弱いそうなので冬越しさせる準備をそろそろ始めた方がいいかなって思うんです」

食事中の話題はいつも身近な話ばかりで、文弥が話すことがほとんどだ。

「ああ、屋敷のガーデナーからもらってきたあれか。よく根がついたものだな」

文弥がヴィンセントと一緒に田舎の領地へ向かうという話を聞いたガーデナーが、向こうでも料理に使ってください、と文弥にハーブの苗を三つくれた。

荷物になるからと、本当に小さな苗だったが、ガーデナーから一生懸命苗の植え方や育て方を習って、こっちについてすぐに庭の一角をもらって植えたのだ。

「バジルはどうしたんだ？　確か、バジルももらっただろう？」

もらったハーブはどれもヴィンセントの好きなものばかりで、特にバジルは朝から一緒に摘んだりした。

「バジルは一年草だから、最後に花を咲かせて種を取ろうって言ったじゃないですか」

「そうだったか？」

「ヴィンセント様は食べるのが専門なんだから」

そう言って文弥は笑う。

文弥がヴィンセントと一緒にいることは、伯爵家の使用人全員が知っている。そう伝えてあったからだ。

伝えなかったのは、マックスにだけだ。

マックスには、文弥の体は随分よくなったし、日本へ帰る途中、旅行もかねてヴィンセントが向かうスコットランドまで足を延ばして、少し滞在してから日本への船に乗る、と言った。

ヴィンセントと文弥が同時にいなくなることを聞き、マックスは泣いて嫌だと言ったが、遅かれ早かれ文弥が日本へ帰る時は来るのだとヴィンセントが言い聞かせ、最後は納得してくれた。

ヴィンセントがロンドンを離れることも『仕事だから』と、納得させた。

二人がロンドンを発つまで、楽しい思い出をたくさん作ろう、と三人でいろんなところに出掛けた。記念写真も取って、それぞれ一枚ずつ持った。

それでも別れの時には、やはり悲しくて仕方がなくて——だが、決めたことなのだから
と文弥は自分に言い聞かせて別れをした。

今でも、別れる時のマックスの泣き顔を思い出すと、胸が張り裂けてしまいそうになる。

それは文弥だけではなく、ヴィンセントも同じだろう。

ここでの穏やかで平和な生活には満足しているが、文弥もヴィンセントもマックスのこ
とが気掛かりで仕方がなかった。

それでもそのことを口にしないのは、どれほど心配でもロンドンに戻ることは、今はま
だできないからだ。

「無事に冬を越させて、マジョラムもローズマリーも来年は収穫できるくらいに大きくな
るといいですね。乾燥させたマジョラムは、枕に入れておくと安眠効果があるんだって。

知ってました?」

文弥は以前ガーデナーから聞いたことをヴィンセントにたずねてみた。

「いいや」

「来年、摘めるくらい大きくなったら試してみましょうね」

文弥がそう言うと、ヴィンセントは意味ありげに笑う。

「おまえと同じベッドで寝て、安眠できて何が嬉しいんだ？」

その意味するところを察した文弥は、あっという間に真っ赤になった。

「──紳士らしからぬ話題は感心しません」

唇を尖らせながら文弥は返す。

こっちに来てから、文弥とヴィンセントは同じ部屋で寝起きをしている。部屋数がないわけではないが、主寝室はかなり広く、ベッドも並んで二つ置いてあったので、ランプや蝋燭、それに冬になれば石炭の節約にもなるからという理由で寝起きを共にしているのだ。

最初は訝しげだった使用人たちも『日本だと珍しくないんです』というと、文化の違いかと受け入れてくれた。

ついでに言えば、眠る時はいつも片方のベッドで一緒に、だ。

使用人が起こしに来る前に必ずどちらかが起きているので、二人で眠っているところを見られたことはないし、シーツも洗濯を手伝いますと言って文弥が洗ってしまうから、何があったかを知られることもない。

文弥はそうやって結構気を使っているのに、ヴィンセントは不用意に疑わしい発言をするからひやっとする。

もちろん、誰もいないと分かっていてやっているのだとは思うが。

「では、紳士らしい話題にしよう。五十七年に起きたセポイの反乱についてだが……」

「僕が分からない話題もやめて下さい」

「我儘だな」

ヴィンセントはそう言って笑う。

言葉遊びのような会話を楽しみながら、一日が終わっていく。

こんな日々がずっと続くのだと。どちらもそう思っていた。

◇◆◇

ロンドンから使いが来たのは、結実したバジルを切り取って、乾燥させようとしていた日のことだった。

文弥が庭から戻ると、ヴィンセントは応接間でその使いの者と話をしているところだった。途中から入って行くのも気が引けて、文弥はキッチンの端を借りてバジルを乾燥させる準備をした。それを終えてキッチンから出て来ると、客は帰ったところだった。

「ヴィンセント様、ロンドンからお客様がいらしてたそうですけど……」

そう言いながら応接間に入ると、ヴィンセントは眉間に深い皺を寄せ、難しい顔をして座っていた。

「ヴィンセント様？」

文弥が入って来たことにも気づいていない様子で、近づいてもう一度声をかけると、驚いたような顔で文弥を見た。

「文弥……、いつ部屋へ？」

「今です。ロンドンからお客様がいらっしゃってたんでしょう？　……マックス様に何かあったんですか？」

恐る恐る聞いてみる。

ヴィンセントがあんな難しそうな顔をしているのは、マックスに何かが起きたからだとしか思えなかった。

だが、ヴィンセントは頭を横に振った。

「いや、違う。今、来ていたのはブロードリック侯爵からの使いだ」

「ブロードリック侯爵……？」

初めて聞いた名前ではないような気がした。しかし、それが一体誰で、どんな話の時に出て来た名前だったかは思い出せない。

「私の、異母兄からの使いだ」

「ヴィンセント様の異母兄……あ、エレノア様が最初に結婚なさった……」

「そうだ。今は異母兄が侯爵家を継いでいるんだが、病気で寝ているそうだ」

ヴィンセントの言葉に、文弥の記憶の中である言葉が蘇った。

――ブロードリック侯爵は、かなりお悪いようです――

いつだったか忘れたが、マーロウがヴィンセントに見舞いはどうするか遠回しに聞いていたことがあった。

マックスと近い年の子供がいるわけでもないから、特に見舞いは必要ない、とヴィンセントはそう返していた。

あの時マーロウが侯爵の病について伝えたのは、片親だけのつながりとはいえヴィンセントの兄だからだということを、今初めて文弥は分かった。

「お見舞いに、という話だったんですか?」

わざわざここまで使者を寄越すくらいだから、病は相当重いのだろう。異母弟にあたるヴィンセントに急に会いたくなったのかもしれないと思った。

だが、ヴィンセントが口にしたのは思ってもいなかった事柄だった。

「いや、違う。……兄には、子供がいない。結婚は二度したが、どちらとも子供には恵まれなかった。それで、私にロンドンに戻って侯爵家を継いでほしいと、そう言って来た」

「ヴィンセント様が侯爵家を……？」

「先代侯爵の死後に生まれたとは言え、侯爵家の血を引いている人間だからな」

そう言いながらも、ヴィンセントは侯爵家の血を引いていることを、疎ましく思っている様子だった。

「ヴィンセント様が侯爵家をお継ぎにならなかったら、どうなるんですか？」

「随分と遠縁の……ほぼ他人と言っていいくらいの家の次男が継ぐだろう」

「どうして、そんな人に？」

「相続権は男子にしかない。基本的には長男に譲られるんだ。仮に娘しかいない場合は娘の夫に譲られる。だが兄には娘もいないし、ブロードリック侯爵家は代々子供の数に恵まれなかった家だから、親戚も極端に少ない。唯一の親戚には父の曾祖父の弟とかいう人物がいて、その人物の子孫ということになるらしい」

あまりに遠い血縁に、文弥はため息をついた。

「さすがに侯爵も、そこまで遠い血縁にというのはためらわれるそうだ。これまで交流もまったくないそうだしな」

「ヴィンセント様は、お兄様とお会いになったことは？」

「私が社交界に顔を出すようになってからは、何度か。挨拶程度の付き合いだが」

それなら、なおのことヴィンセントに譲りたいと思っているだろうと文弥は思う。

「……ヴィンセント様は、どうなさるおつもりですか？」

核心に触れた文弥に、ヴィンセントは苦笑した。

「まだ、どうするかは決めていない。何しろ今聞いたばかりの話だからな。少し考える」

ヴィンセントの言葉に、文弥はそうですね、としか言うことができなかった。


それから三日ほど、ヴィンセントは一人で考えていることが多くなった。

文弥は余計な声はかけず、考えている内容や、どうするのかなどについてもまったく聞かなかった。

「ヴィンセント様、ランプを消しますね」

その夜もいつものように、文弥はランプを消すとヴィンセントの傍らにもぐり込む。

窓の外からは虫の音が聞こえていた。

「文弥、まだ起きているか」

しばらくした頃、ヴィンセントが聞いた。

「ええ」

「ずっと、考えていた。私はどうすればいいのかを」

「答えは、出たんですか……？」

文弥の問いに、ヴィンセントは小さく息を吐いた。

「悩んでいる。ロンドンに戻れば、マックスをまた近くで見守ってやれる。それに今まで私を見下して来た者たちの鼻を明かせるとも思うし、伯爵家の親戚たちも黙らせることができるだろう」

「そうですね。マックス様のためにも、ロンドンにお戻りになるのはとてもいいことだと思います」

「だが、侯爵家を継ぐことになれば、跡取りをと周囲から結婚をせっつかれることになるだろう。私にはすでにおまえがいると、世間に言うわけにはいかないからな」

「そんなことで悩んでいらっしゃるんですか？」

文弥は驚いたような声で問い返した。

「そんなことって……大事なことだろう」

「いえ、僕はてっきり爵位を継ぐと、また社交界とかいろいろ面倒ですし、それで悩んでいらっしゃるのかと思って……」

「それもあるが、一番はおまえのことだ。私は、おまえとずっと一緒にいたいと思ってるんだぞ」

少し怒ったような声のそれは、ヴィンセントからの思わぬ告白だった。それが嬉しくて、文弥は笑う。

「僕のことは気にしないで、ヴィンセント様の好きなようになさって下さい。僕は、どこへでもついて行きますから」

文弥のその言葉は、ヴィンセントが考えもしなかったものらしく体ごと文弥へと向き直った。

「文弥……」

「まさか、置いて行くつもりだったんですか?」

わざと非難するような声で言う文弥に、ヴィンセントは眉を寄せた。

「そうじゃない。どう言えば、おまえが一緒に来てくれるかでずっと悩んでたんだ」

その言葉に文弥は、笑みを深くした。

「一言、一緒に来いって言って下さればいいんですよ。行く先がどこでも、ご一緒します」

そう言った文弥を、ヴィンセントはそっと抱き寄せた。

「一緒に、ロンドンへ戻ろう。ロンドンで、一緒に暮らそう」

「……はい。ヴィンセント様」

答えた文弥の唇へ、ヴィンセントは恭しく口づける。

最初、触れるだけで離れた唇が、二度目に重なった時にはまるで貪るような濃厚なものになった。

深い口づけを施すヴィンセントの手が文弥の夜着に伸び、ボタンを外していく。

そして前をはだけると、滑らかな胸に直に触れた。

「……するんですか？」

口づけの合間に、文弥は確認とからかいの入り交じったような声で問う。

「ああ。侯爵家の使いが来てからさすがにそんな気分になれなくて禁欲してた分も、今夜はさせてもらう」

「それ、禁欲って言わないんじゃないですか？」

文弥がそう返すと、ヴィンセントは笑った。

「そうかもしれないが、してないのは事実だからな」

ヴィンセントはそう言うと、胸に置いた手を淫靡に動かし始める。薄い胸を撫で回すようにした後、つん、と小さく尖ってその存在を主張している乳首を指の腹で押し潰した。

「あ……っ」

腰まで響くような甘い感覚が湧き起こり、文弥は小さく声を上げる。その声にヴィンセントは満足そうな笑みを浮かべると、もう片方の尖りへと唇を落とした。

「ん…っ…ぁ、あ」

片方は指でつまんだり押し潰したりされて、もう片方は甘く舐り回されたり強く吸い上げられたりと、それぞれに予測のつかない愛撫を与えられて、文弥は溺れるしかない。

「……っ…ふ、…あ、あ……っ」

胸への愛撫で湧き起こった悦楽は、そのまま下肢をも熱くさせた。もう数え切れないほど体を重ね、情交に慣れた体は素直に反応を返してしまう。

一度も触れられていない自身が熱を孕んで立ち上がりかけているのが恥ずかしくて、文弥はつい隠そうと腰を捩る。

しかし、それは無駄な努力でしかなかった。

「文弥、そんな風に腰を振るな。隠したがってるのかしれないが、私を煽るだけだぞ」

胸から顔を上げたヴィンセントがからかうように言う。それに文弥は頬を染め上げた。

ヴィンセントは薄く笑い、文弥の夜着のズボンの中に手を差し入れ、熱を孕みかけている自身を手の中に収めた。

める。

「こっちもしてやるから、好きなだけ乱れてみせろ」

そう言って、ヴィンセントは再び胸へと唇を落とし、手の中の自身をゆるゆると扱き始める。

「あ……」

「あ……っ……ぁ、あ」

弱い場所を同時にいたぶられ、文弥はあっというまに自身から蜜を零し始めた。ヴィンセントの手が己の漏らしたもので淫猥に滑るのが恥ずかしい。

恥ずかしいけれど……気持ちがよくて、どうしようもないのも事実だ。

「ん…っ…あ、あ……っ」

痛みを感じるほどの強さで乳首に歯を立てられ、その直後に甘やかすように舌で舐め回される。そうされると最初の痛みさえ悦楽にすりかわってしまい、文弥自身から零れ落ちる蜜もその量を増した。

その蜜さえも塗り広げるようにしてさらなる愛撫を施され、文弥はどんどん追い詰められていった。

「ヴィ……ン…セント…様……っ、もう……」

もう少しで達してしまう、という状況まで文弥を追い詰めてから、ヴィンセントは手をズボンから引き抜き、胸からも顔を上げた。

「あ……」

煽るだけ煽られて愛撫を中断された文弥は、もの足りないといった声を出し、恨みがましい目でヴィンセントを見る。

それにヴィンセントは苦笑した。

「そんな顔をするな。可愛すぎて酷くしたくなるだろう」

そう言うと、文弥のズボンに手をかけ、引き下ろす。先走りで濡れた下肢が外気に触れて冷やりとするのが恥ずかしかったが、足からズボンを抜き取ったヴィンセントは、すぐにもの欲しげに揺れている文弥自身を口腔に捕らえた。

「ああっ」

舌先で裏側を先端に向かって舐め上げられ、文弥の腰が揺れる。気持ちがよすぎて、どうにかなりそうだった。

口腔で淫らに蜜を垂れ流して震える様子から、ヴィンセントは文弥の状況を感じ取っていた。さらに追い詰めるように、根元の果実へと手を這わせてゆっくりと撫で回す。

「ん……っ…ふ、あ、あ……っ」

そのまま口の中の自身を吸い上げられて、文弥の唇から甘すぎる嬌声が上がった。

「ああっ、あ、あ……、だめ、ヴィンセント様、もう……」

目の前に訪れる限界を、文弥が伝える。伝えたところで、ヴィンセントが離してくれはしないと分かっているし、離してほしい、と望んではいない自分がいることも、文弥はもう分かっている。

罪深いほどの快楽を植え付けられた体は、それを拒むことなどできなくなっているのだ。

ヴィンセントは文弥に最後を促すように、蜜を垂れ流す窪みを尖らせた舌先で暴き立てるように舐り回す。そして、根元の果実を強く揉み込んだ。

「や……っ…あ、あ、あぁ………っ！」

甘い悲鳴を上げ、文弥は蜜を迸らせる。ヴィンセントはそれをわざとのように音を立てて飲み下した。

「んっ、あ、あ……あ」

幹に残る残滓まで絞り取るように、果実に伸ばしていた手を自身に回して強く扱き立てながら吸い上げられて、文弥は全身を震わせる。

そしてすべてを絞り取った後も、ヴィンセントはさらに舌を這わせ続けた。

「ヴィ……っ…セント…様…」

新たな熱を孕ませるためだと分かる動きに、文弥は声を詰まらせる。達した直後の敏感すぎる自身を嬲られるのは、苦痛と背中合わせの深い悦楽だ。

体中が震えて、腰が淫らに跳ねてしまう。

はしたない姿だと思っても、もう文弥には与えられる悦楽に溺れる以外にできることはなかった。

「んんっ、あ、あ……っ」

新たな場所へと伸びたヴィンセントの指に、自身へ重ねられる愛撫に震えていた文弥の声が、さらに期待するような響きを伴う。

ヴィンセントの指が伸びたのは、自身から漏らしたもので濡れた蕾だった。

触れられるのを待っていたそこは、伸びて来た指をすぐにでも飲み込もうと淫らにひくついてしまう。

その様子に、ヴィンセントは焦らすことなく、指を一本侵入させた。

「あ……」

長い指がゆっくりと奥までを犯していく。だが、その指は一度根元まで埋め込まれた後、すぐに半ばまで引き抜かれた。

文弥が望んでいる愛撫を与えるために。

「あ……あ、あ、ああっ」

中程より少し手前にあるもろい場所を、ヴィンセントはまるで転がすように指先で弄り始めた。

「あ……っ…あ、いい……、あ、あ」

込み上げる愉悦に文弥は背を撓らせる。ヴィンセントはゆっくりと文弥自身から唇を離すと、悦楽に溺れる文弥の顔を見下ろした。

昼間の、清廉な花のような姿からは想像できないほど、淫らで艶やかな表情はヴィンセントの嗜虐心を煽ってしまう。

「一本だと、もの足りないだろう?」

囁くのと同時に二本目の指を中へと突き立てた。

「ああっ！　……ぁ、あ……待って、あ、強すぎ…る……あ、あっ」

軽く曲げた指先で引っ掻くようにされて湧き起こる肉悦は、文弥の理性を食い尽くす。

「気持ちがいいだろう」

「いい……けど…、や、だめ……！　あ、あ、よす…ぎて……あ、あ……」

強すぎる悦楽から逃げたいのか、足がシーツを蹴るが、肉襞はさらなる悦楽を欲しがって指を締め付けて離そうとしない。

「このまま、指でもう一度達くか?」

ヴィンセントは言いながら、指を伸ばして根元まで突き立てた。

「あっ、あ……、あ」

二本の指が大きな動きで文弥の中を出入りする。敏感な襞を擦られて文弥はガクガクと体を震わせた。

だが――。

「……りない……っ…あ、指…じゃ……嫌…だ……っ」

文弥の唇が紡いだのは、ヴィンセントを満足させるのに十分な言葉だった。

「おまえは、どこまで私好みになるんだろうな」

甘く囁いて、ヴィンセントは後ろから指を引き抜く。そして、身につけている夜着のズボンを押し下げ、文弥の痴態で猛った自身を取り出した。

いきり立つヴィンセント自身を目の当たりにして、文弥は小さく息を呑む。ヴィンセントは薄い笑みを浮かべると、わざとゆっくり文弥の蕾へと押し当てた。

「ぁ……」

「そんなに腰を揺らすな。ずれて入らないだろう？」

羞恥を煽るように言いながら、ヴィンセントは押し当てた自身をゆっくりと中へ埋めていく。

「あ……あ、あ……っ」

濡れた嬌声を上げる文弥の内壁は、貫いていくヴィンセントをたぶらかすように淫らに絡み付いた。

その心地よさに目を細めながら、ヴィンセントは最奥まで一気に貫いた。

「ぁあっ、あ、あ――っ」

指では届かなかった場所を犯された瞬間、文弥は蜜を迸らせそうになる。だが、蜜を放つ自身へ文弥はとっさに手を伸ばし、放出を無理やり押さえ込んだ。

「ぁ…あ、あ、あ……」

切なさの入り交じった声を上げながら、絶頂の途中で己の解放を阻む様子に、ヴィンセントは聞いた。

「どうして、止める。達けばいいだろう?」

しかし、文弥は必死な様子で頭を横に振る。

「だ……て…、…また、僕……だけ……」

涙の浮かんだ瞳で告げる文弥の様子は、どうしようもないほど、ヴィンセントの胸をかき乱した。

「まったく、おまえは……可愛いにも程があるぞ」

もはや愛しさしか湧いて来ない。ヴィンセントは苦笑しながら、文弥の腰をしっかりと捕らえると、文弥の中を無遠慮に蹂躙し始めた。

「我慢できなくなれば、好きな時に達け」

「ア……っ、あ、ぁ、ああっ」

引きつったような声を上げ、文弥は悶える。つながった場所から、グチュグチュといやらしい音が響いて、その音だけでも文弥は達してしまいそうだった。

いや、放つはずだった蜜をせき止めているだけで、体は上り詰めた状態のままが続いていて、ヴィンセントが動くたびに激しい絶頂感に襲われているのだ。

熱塊を受け入れている肉襞も極みの痙攣を繰り返し、その中を切り拓くように激しい抽挿を繰り返すヴィンセントにも、深い悦楽をもたらした。

「文弥……」

「ぁあっ、あ、だめ、そこ……あ、あっ」

浅い場所まで引いた自身の先端で弱い場所を執拗に嬲られ、文弥は体中をまるで陸に上げられた魚のように跳ねさせる。

苦しいまでの絶頂に、蜜をせき止めている指が力をなくして解けた。

「ぁ——あ、あ、ああっ」

阻むものがなくなり、文弥自身から蜜が溢れたが、それは無理やりせき止めていたせいか、勢いがなく、とろとろと長く続く放出だった。

「あぁっ、あ、あ」

その最中も、ヴィンセントの侵略は止まらない。彼は自身の終わりへと向けて、さらに腰を強く使い始めた。

「やぅ……あ、あ、ああ……」

あまりに激しい蹂躙に、文弥はまるで溺れそうな子供のように必死でヴィンセントに手を伸ばして縋り付く。

だが、縋り付いたことでより強くヴィンセントの動きを感じることになり、文弥は幾度もの絶頂を味わわされた。

連綿と続く頂点は文弥からあらゆる感覚を奪い取っていき、感じている悦楽しか分からなくなる。

その中、体の中を我が物顔で動き回っていたヴィンセントが一際大きく膨らみ、あ、と声を上げる間もなく最奥で熱が弾けた。

「ぁ……あ、あ、あっ」

ビュルッと激しい勢いで爛れた粘膜を叩く精液の感触に、文弥は新たな絶頂を迎え、四

肢を痙攣させた。

「ぁああっ、あ、あ……」

もはやその声も音にはならず、文弥は最後にヒクッと体を大きく震わせて、脱力した。

意識が飛んだわけではない。ただ、開いているはずの目に何も見えなくて、すべてが真っ白だった。

「文弥…、文弥、大丈夫か？」

心配そうな声に瞬きを何度も繰り返すうち、ぼうっと視界が像を結び始める。そこにぼんやりと見えたのはヴィンセントの顔だった。

「……い……じょうぶ…」

切れ切れの声で答えるが、全身が脱力して、動けない。

それなのに、体の中でヴィンセントが熱を取り戻しているのを感じて、文弥は眉を寄せる。

「……なん…で……」

出したのに、どうして、と思う。それにヴィンセントは苦笑を浮かべた。

「おまえの中が、煽るように動くからだ。もう少し、付き合え」

そう言うと、文弥の返事も待たずに動き始めた。

長く深い絶頂を味わった後の文弥には、少し動かれるだけでも怖いほどの悦楽が込み上げて来て、文弥はヴィンセントが満足するまで、何度も意識を途切れさせながら愉悦の波に溺れた。

◇◆◇

「旦那様、文弥様、忘れ物はございませんか？」

数日後、屋敷の前に止まった馬車の前には使用人が全員集まっていた。

「大丈夫。忘れ物があったら、取っておいて。また取りに戻るから」

馬車の窓から文弥が言うと、使用人たちがそれぞれに頷く。

ヴィンセントと文弥は、侯爵家を継ぐという報告と侯爵の見舞いを兼ねて、一度ロンドンへ戻ることになった。

「お戻りになるまで、文弥様のハーブは責任を持ってお守りしますから」

「ありがとう、お願いするね」

屋敷の主はヴィンセントだというのに、使用人は文弥にばかり声をかける。文弥がそれだけみんなに溶け込んでいたということなのだろう。

「文弥、そろそろいいか。駅で汽車に乗り遅れる」

名残惜しそうな彼らに遠慮していたヴィンセントだが、もうそろそろ時間だと告げる。

「あ、はい。じゃあ、みんな、しばらく留守にするけど、元気でね」

文弥がそう言って手を振ると、御者が馬に合図を送った。

馬車がゆっくりと動き出す。

少しずつ遠ざかって行く使用人たちの姿を、文弥は馬車が木立に入って見えなくなるまで見ていた。

「見えなくなっちゃった……」

小さく呟いて、窓から視線を外した文弥にヴィンセントは苦笑する。

「今回は一週間ほどで戻るんだから、そこまで名残惜しむことはないだろう」

「でも、やっぱりロンドンは遠いから」

その遠いロンドンには、マックスがいる。

「侯爵へのお見舞いが済んだら、マックス様に会いに行きましょうね。ああ、でも、僕も一緒に行ったら、まだ日本に戻ってなかったのかって怪しまれそうですね」

マックスには、日本へ帰ると言って伯爵家を出て来たのだ。三カ月以上、何をしてたのかと思われるかもしれない。

「マックスのことが心配で、踏ん切りがつかなかったと言えばいい」

「踏ん切りがつかなくて三カ月って、おかしくないですか？」

「マックスは、おまえに会えた嬉しさでいっぱいで、そんなことにまで気は回らないだろう」

「それはそうかもしれませんけれど……」

それでも、深く追求されたらと思うと文弥は不安だ。

いずれ、ヴィンセントとの関係を知られる時が来るのだとしても、今はまだ早すぎる。

「もし、それ以上聞かれそうになったら、私が助けてやろう。私が侯爵家を継ぐことになったと伝えれば、驚いてそれどころじゃなくなるはずだからな」

「確かに、驚かれるでしょうね。マックス様だけじゃなく、みんな」

「あの親戚たちがどんな顔をするか見物だな。これからは侯爵家の人間として、堂々とマックスに会うことができる」

そう言ったヴィンセントは、いろいろな悩みから解き放たれたような、すっきりとした顔をしていた。

そのヴィンセントの肩に、そっと頭をもたれさせ、文弥は軽く目を閉じる。

「楽しみですね。マックス様にお会いするの……」

「ああ、楽しみだ。だが、今までのようにマックスにべったりとそばにいさせるのは控えてくれ」

「なぜですか？」

文弥は目を開き、ヴィンセントを見た。

これまでヴィンセントは一度もそんなことは言わなかった。むしろ、できるだけマックスのそばにいてやってくれと言っていたのだ。

もしかすると、文弥はマックスを甘やかしすぎたのだろうかと不安になる。

「私がマックスに嫉妬するからだ。醜い兄弟ゲンカは見たくないだろう？」

にやりと笑って言うヴィンセントに、文弥は苦笑する。

「マックス様に嫉妬しそうなのは、僕もですよ。ヴィンセント様は、マックス様のことが一番なんですから」

だが、その文弥の言葉にヴィンセントは、

「おまえに嫉妬されるというのも、悪くないな」

そんな風に笑って、そっと文弥の肩を抱き寄せた。

「ロンドンがもっと遠ければいいのに。少しでもおまえを独占できる時間が長くなるから」

それに文弥はクスクスと笑いながら小さく頷いて、肩を抱くヴィンセントの手にそっと自分の手を重ねた。

あとがき

こんにちは、雑草の生い茂る庭に塩水を撒いてしまいたい衝動に駆られる松幸かほです。塩水を撒きたい理由は、後ほど語らせていただくとして（今回、あとがきが四ページあるのでたっぷり無駄話をさせていただく予定でございます）、まずは、プリズム文庫様から二冊目を出させていただくことができ、本当にうれしく思っております。

前回に引き続き、今回も時代が百年ほど昔です。そして、舞台はイギリス！　世界史も、地理もどちらにも疎い私が懲りもせず「この時代が好きなんです！」という理由だけで書きました。

そのため、相変わらずいろいろ「これってどうなの？」的な箇所があるかと思いますが、そのあたりは半目で見逃していただければと思います。

そんな体たらくな私ですが、今回も挿絵を描いて下さった先生が凄いのです。何と、こうじま奈月先生でございます！

キャララフに描かれた文弥の美人さと、ヴィンセントの格好よさ、そしてマックスのかわゆさに、悶え祭りを連日開催してしまいました!!

その後、送っていただいたカラーイラストに本気で悶絶し、即座にフラッシュメモリーにバックアップを取った次第でございます。これで、ＰＣに何があっても大丈夫！

お忙しい中、素敵なイラストをたくさん描いていただいて、本当にありがとうございました♥♥　本当に幸せの極みでございます～。


さて、冒頭の庭に塩水を撒きたい理由なのですが、実はこの春から荒れ放題の庭に少しずつ色々な物を植えていたりします。

ところが、出るのですよ、我が家の庭。

殻をもたないカタツムリっていうか、ぬめったボディの雌雄同体っていうか。ええ、多分世間一般ではナメ●ジっていうと思います。

それがね、今まで庭の手入れをしていなかったから、大量にいるみたいなのですよ。最初、気付かなくて種から出たばかりの新芽を荒らされまくりまして、もしやこれはと思ったらやはり……。

夜行性の彼らと対抗すべく、毎夜のように庭に出て、仕掛けた罠にたかっている連中をひたすら抹殺につぐ抹殺。

これまでに、二百匹以上は葬ったかと思います。気分は必殺仕事人です。

それでも、根絶やしにできたわけではなさそうなので、いっそ塩水を！　と思ってしまったのですが、そんなことをしたら他の地植えの植物が塩害にあうのでできません。

育てているのがハーブなので、殺虫剤系もあまり使いたくないですし、やはり地道に殺《や》るしかないのでしょうね。

ちなみに、ハーブ、使い道を全く考えていません。現在、バジルが繁殖しまくっておりまして、どうしたものかと……。

あと、びっくりするほど大きくなったのはローズゼラニウム。普通のゼラニウムと違って、葉っぱをつまむとその名前の通り薔薇のような香りがします。だから大好きなのですが、枝を切っても切っても大きくなるので、この先どこまで大きくなるのか不安になっております。バジルと違って多年草だし……（バジルは一年草です）。

水やりをしなくてはならないので必然的に庭に出る機会が増え、我が家の庭に住まうカナトカゲちゃん（植物の葉っぱを食べるバッタを捕食してくれるので味方）とよく出会います。カナちゃんは三匹家族のようです。大・中・小といるのですが、我が家には彼らを脅かす天敵があまりいないせいか、みんなすらっとした長い尻尾が美しいです。

が、ある日、大カナちゃんの尻尾が超短く……。

どうやら、時折庭を横切っていく野良猫ちゃんに追いかけられた様子です。

心なしかヘコんでいるように見えて、何だか不憫です……。

と、ここまで無駄話を書き連ね、何と四ページ目に突入です！

日常生活が相変わらず引きこもりなもので、くだらなすぎてすみません。

そうそう、部屋の片付けは絶好調にカオスな状態で止まったままです！　今年も部屋にクーラーは無理っぽいです……。

扇風機、二台に増やそうかな、と思ったりしております。

その前に片付けるという選択肢はないのかと聞かれそうですが、絶対に夏終わりには間に合いません。

でもどうせ買うならエコポイントが付いているうちの方がお得な感じがするので、その間になんとか購入・設置に至れるように頑張りたいと思います。

とりあえず、次回、プリズムさんでご挨拶をさせていただく折には「すっかり綺麗に片付いた部屋で快適です」と書けることを祈っております。

そんなどうしようもない私ですが、ここまで読んで下さって本当にありがとうございます。またどちらかでお目にかかれますように。

二〇〇九年　暑さにうなだれ始めた七月中旬　松幸かほ

プリズム文庫

暴君との逢瀬は灼熱色

水瀬結月

イラスト／天禅桃子

別荘には夏しか来ないはずの叡知が、今年は冬にも訪れた。別荘管理をする叶は、華やかな世界に住む叡知に振り回されっぱなしで？

キスに濡れる純情

森住　凪

イラスト／巴　里

裕真は駆け出しの書道家。才能を嫉まれ危険が迫ったとき、手を差し伸べてくれたアート企業の若き社長・遼一と同居することになって!?

恋する博士♡

森本あき

イラスト／宇流早絵

大学院に通う天才科学者・千波は、研究以外はなにもできない生活オンチ。なんでも面倒を見てくれる古川とようやく恋人になったけれど――。

妖魔様に大迷惑

若月京子

イラスト／梅沢はな

高校生の護は家出した父親に代わって、妖魔界と人間界のゲートを見張らなくてはならなくなり、体液が催淫剤である妖魔のディーダに遭遇するが……。

原稿募集

プリズム文庫では、ボーイズラブ小説の投稿を募集しております。

優秀な作品をお書きになった方には担当編集がつき、デビューのお手伝いをさせていただきます！

応募資格
性別、年齢、プロ、アマ問わず。他社でデビューした方も大歓迎です。

募集内容
商業誌に未発表のオリジナル作品であれば、内容に制限はありません。ただし、ボーイズラブ小説であることが前提です。エッチシーンのまったくない作品に関しましては、基本的に不可とさせていただきます。

枚数・書式
1ページを40字×16行として、100～120ページ程度。原稿は縦書きでお願いします。手書き原稿は不可ですが、データでの投稿は受けつけております。

投稿作には、800字程度のあらすじをつけてください。また、原稿とは別の用紙に以下の内容を明記のうえ、同封してください。
◇作品タイトル　◇総ページ数　◇ペンネーム
◇本名　◇住所　◇電話番号　◇年齢　◇職業
◇メールアドレス　◇投稿歴・受賞歴

注意事項
原稿の各ページに通し番号を入れてください。

原稿は返却いたしませんので、必要な方はコピーを取ってからのご応募をお願いします。

締め切り
締め切りは特に定めません。随時募集中です。

採用の方にのみ、原稿到着から3カ月以内に編集部よりご連絡させていただきます。

原稿送り先
【郵送の場合】〒153-0051　東京都目黒区上目黒1-18-6　NMビル3F
（株）オークラ出版「プリズム文庫」投稿係
【データ投稿の場合】prism@oakla.com

プリズム文庫をお買い上げいただきまして
ありがとうございました。
この本を読んでのご意見・ご感想を
お待ちしております！

【ファンレターのあて先】
〒153-0051　東京都目黒区上目黒1-18-6 NMビル
（株）オークラ出版　プリズム文庫編集部
『松幸かほ先生』『こうじま奈月先生』係

異国に舞う恋蝶

2009年09月23日　初版発行

著　者　松幸かほ
発行人　長嶋正博
発　行　株式会社オークラ出版
〒153-0051　東京都目黒区上目黒1-18-6　NMビル
営　業　TEL:03-3792-2411　FAX:03-3793-7048
編　集　TEL:03-3793-8012　FAX:03-5722-7626
郵便振替　00170-7-581612（加入者名:オークランド）
印　刷　図書印刷株式会社

ISBN978-4-7755-1412-2